윤동주 - 청춘의 별을 헤다

서연비람은 조선 시대 왕궁 내, 강론의 자리였던 서연(書筵)에서 강관(講官)이 왕세자에게 가르치던 경전의 요지를 수집하여 기록한 책(비람備覽)을 말합니다. 서연비람 출판사는 민주주의 국가의 주인 인 시민들 역시 지속 가능한 과거와 현재, 미래의 이치를 깨우치고 체현해야 한다는 믿음으로 엄선한 도서를 발간합니다.

비람북스 인물시리즈

윤동주–청춘의 별을 헤다

개정2판 1쇄 2025년 8월 29일
인쇄일 2025년 7월 30일
지은이 이승하
편집주간 김종성

펴낸이 윤진성
펴낸곳 서연비람
등록 2016년 6월 29일 제 2016-000147호
주소 서울시 강남구 남부순환로 2909, 201-2호
전자주소 birambooks@daum.net

ⓒ 이승하 2020, Printed in Korea.

ISBN 979-11-89171-86-5 44810
ISBN 979-11-89171-26-1 (세트)

값 10,800원

역사와 문학

비람북스 인물시리즈

청춘의 별을 헤다

윤동주

이승하 지음

서연비람

차례

글머리에

한국 사람치고 윤동주를 모르는 사람은 없을 것이다. 윤동주가 태어난 곳이 저 먼 중국 북간도의 명동촌인 것도 다들 알고 있을 것이다. 일본으로 유학의 길을 떠났다 체포되어 형무소에 수감되어 고문을 받다가 죽었다는 것 또한 널리 알려진 사실이다.

중고등학교 교과서에 윤동주의 시가 실려 있고, 그 시를 공부하는 시간이면 선생님께서는 자신이 아는 지식을 총동원하여 윤동주의 생애와 시 세계의 특징을 설명해 주었을 것이다. 그의 시 가운데 「서시」, 「자화상」, 「십자가」, 「또 다른 고향」, 「별 헤는 밤」, 「참회록」, 「쉽게 씌어진 시」 등이 교과서나 참고서에 나와 있을 테고, 그때마다 학생들은 윤동주의 생애에 대해서도 반복해서 공부했을 것이다. 다른 시인은 잘 모를지라도 윤동주에 대해서만큼은 많은 것을 알고 있다고 자부했을 텐데⋯⋯.

자, 몇 가지 질문을 던져 본다.

1. 윤동주의 조상은 왜 조국을 떠나 만주에 가서 살게 되었을까?
2. 윤동주는 어찌하여 시에 관심을 갖게 되었을까?
3. 윤동주가 생시에는 시인이 아니었고 죽은 뒤에 시인이 되었다?
4. 윤동주는 많은 동시를 썼는데 어떤 동시를?
5. '순이'가 나오는 시가 3편인데 순이는 짝사랑했던 사람인가?
6. 윤동주는 정지용 시인을 왜 만났을까?
7. 윤동주는 왜 자기 성을 히라누마로 고쳤을까?
8. 일본 도쿄에서 교토로 전학을 하지 않았다면 죽지도 않았다?
9. 왜 학생인 윤동주가 체포되었고 형을 살게 되었을까?
10. 동주와 몽규는 인체 실험용 주사 때문에 죽었는가?
11. 묘소는 어디에 있으며, 시비는 어디에 있는가?
12. 지금까지 윤동주 연구가 어떻게 진행되어 왔는가?
13. 주요 시편의 뜻을 제대로 이해하고 있는가?

열세 가지 질문 가운데 하나라도 자신 있게 말할 수 있는 사람은? 그중 세 개만 답할 수 있어도 윤동주에 대해 많은 것을 알고 있는 셈이다. 즉, 우리는 지금까지 윤동주에 대해 별로 아는 게 없거나 막연히 한두 가지 사실만 알고 있었던 것이다.

나는 시인이기에 습작생 시절부터 열심히 윤동주의 시를 읽으며 공부하였다. 대학원에 가서 윤동주에 대해 석사 논문을 썼고, 그 뒤에도 3편의 논문을 더 썼다. 학부와 대학원에서 강의를 할 때, 외부에 나가 강연을 할 때, 윤동주 시인에 대해 자주 이야기를 했음에도 불구하고 새롭게 말할 거리가 거듭 생겼다. 그는 지상에 27년 2개월만 살다 갔지만 그의 생애와 시 세계는 마르지 않는 우물처럼 우리의 지적 갈증을 달래 준다. 수많은 시인이 일제강점기 말기에 변절했지만 윤동주는 한용운, 이육사 시인과 더불어 단 한 줄도 친일의 글을 쓰지 않았다. 광복 6개월 전인 1945년 2월 16일 오전 3시 36분, 일본 감옥의 추운 독방에서 외마디 비명을 크게 지른 뒤 목숨이 끊어졌다는 윤동주! 지금부터 열세 가지 질문에 답을 해 보면서 그의 짧지만 숭고했던 생애를 더듬어 볼까 한다.

이 책을 쓰게 된 두 가지 계기가 있었다. 2005년 일본 후쿠오카에 단체 관광을 갔는데 3박 4일 일정 동안 한국인 가이드가 윤동주에 대해서 한마디도 하지 않는 것이었다. 여행을 마치고 공항으로 가는 차 안에서 마이크를 자청해 잡고는 몇 마디 하였다. 우리가 즐겁게 관광을 하고 한국으로 돌아가지만 이곳이 바로 윤동주 시인이 옥사한 감옥이 있는 도시이니 그것은 알고 가자고.

2016년 7월에는 후쿠오카 형무소를 찾아갔다. 형무소는 시 외곽으로 옮겨 갔고 구치소로 바뀌어 있었다. 다가가서 보니 '福岡拘置所'라고 적혀 있었다. 그 앞에서 사진을 찍으려고 하자 철문 안에서 교도관으로 보이는 사람들이 크게 외쳤다. 거기서 사진 찍지 말고 어서 썩 꺼지라고.

귀국하자마자 분한 마음으로 윤동주에 관련된 책들을 거의 다 구해서 읽기 시작했다.

이 책을 내는 과정에 도움을 주신 분들이 있다. 소설가 김종성 씨의 소개로 책 쓰기에 착수할 수 있었다. 류양선, 이숭원, 조명제 세 분 선생님께서 초고를 보고 여러 가지 조언을 해 주셨고 오류도 바로잡아 주셨다. 네 분께 감사의 마음을 올린다.

이 책을 읽게 될 청소년들이 윤동주의 생애를 보다 구체적으로 알게 됨으로써 그의 시를 더욱 사랑하고 윤동주의 신앙심과 나라 사랑과 겨레 사랑의 마음을 알게 되기를 바란다.

2025년 봄에

이승하

1 윤동주 조상의 만주 이주

윤동주가 태어난 땅이 한반도가 아니라 중국 영토인 만주라는 사실은 다들 알고 있을 것이다. 중국의 청나라는 만주땅을 자기 민족의 발상지로 여겨 무척 신성시하였다. 청을세우자마자 만주족은 압록강이나 두만강을 넘어 자기네 땅에 조선인이 들어와 사는 것을 '월강죄(越江罪)'를 저질렀다면서 엄히 다스린 것만 봐도 알 수 있다. 민간인이 국경을허가 없이 넘어오면 가차 없이 사형까지 시켰다고 한다. 압록강과 두만강 아래쪽의 조선 땅은 산악 지역이라 아주 척박해서 농사짓기가 어려웠는데 가뭄까지 들면 굶주림을 벗어날 길이 없었다. 그런데 강만 건너가면 광활한 만주 벌판이 좍 펼쳐져 있고, 개간을 하면 밭농사를 지을 만했다.

한편 그 지역에 사는 우리 주민들도 만주가 우리 땅이라고 알고 있었다. 만주 일대를 호령한 고구려인과 발해인의후손이라며 자랑스러워하고 있었는데 청나라가 강도 넘지말라고 하니까 은근히 부아가 났다. 만주는 엄청나게 넓은 땅인데도 들어와 사는 인구는 얼마 되지 않았다. 그 넓은 땅을 놀리고 있는 것을 보고 조선 시대 때의 우리 조상은 슬쩍 넘어가 땅을 개간하고 씨를 뿌렸다. 수확이 좋았다. 아예 들어가 사는 가구도 한 집 두 집 늘어나기 시작했다.

우리 문화가 크게 일어난 영·정조의 시대가 끝나고 조선조 후기로 접어들자 세 가지 조세 제도인 삼정이 더욱 문란[1]해졌다. 세금을 지나치게 많이 거둬 가니까 벼슬이 높고 권세가 있는 집이 아닌 다음에야 온갖 명목으로 거두어 가는 세금을 감당하는 일이 힘에 부쳤다. 엎친 데 덮친 격으로 탐관오리들이 나타나 말도 안 되는 이유를 대면서 세금을 더 많이 거두어 일부는 뇌물로 쓰고 일부는 자신이 착복하면서 백성을 못살게 굴었다. 그 여파로 1811년에 홍경래의 난이 평안도에서, 1862년에 임술농민항쟁이 진주에서 일어났다. 1894년에는 전라도 지방을 중심으로 동학농민운동이 일어났다. 게다가 자주 가뭄까지 들어 먹고살기가

---

1 삼정(三政)의 문란 : 조선조 국가 재정의 주류를 이루던 전정(田政), 군정(軍政), 환곡(還穀) 세 가지 세금 제도의 어지러움. 조선조 후기에는 이들 제도가 변질되어 관리의 부정부패가 심해졌다.

힘들어지자 1850년경부터 조선의 몰락한 양반이나 후처 (첩)의 자식인 서얼계급2, 상인, 중인, 소작농, 하층민 가운 데 만주나 연해주로 이주해 가서 사는 사람들이 늘기 시작 했다. 일단 그쪽에 가서 살면 세금을 안 내도 되니 그것만 해도 큰 부담을 덜 수 있었다.

청나라는 영국과 아편전쟁(1840~1860)을 치른 후 '종이 호랑이' 신세가 되고 말았다. 엄청나게 큰 대륙을 갖고 있 고 인구도 세계에서 가장 많은 중국이 섬나라 영국과 몇 차 례 싸워 맥없이 지고 말았던 것이다. 청나라가 자기 나라를 지킬 힘이 없다는 것이 전쟁을 통해 입증되자 미국, 독일, 프랑스, 러시아, 일본 등 세계의 다른 힘센 나라들도 중국 을 얕보고 통상조약을 맺고는 대륙의 이권을 야금야금 파 먹어 들어가기 시작했다. 태평천국의 난(1850~1864)이 일 어나 오래 이어지자 청나라는 국가 통제력을 잃어버렸고, 자연히 국경 지대를 넘는 사람들을 단속할 힘을 잃고 말았 다.

---

2 서얼계급(庶孽階級) : 양반은 부인 외에도 여성을 아내로 삼을 수 있었는데 이를 첩이라 하였고, 그 사이에 난 자식을 서자 혹은 서얼이라고 하며 차별하였다.

이때 두만강변의 두 도시인 회령과 종성에 사는 김약연, 김하규, 남도천, 문병규 등 네 명의 양반이 모여 머리를 맞대고 상의를 하였다. 이들은 모두 서당의 훈장이었다. 즉, 교육자들이었다. 상의를 한 결과, 여기서는 자식들을 배불리 먹일 수도 없고 공부를 시켜도 뇌물을 쓰지 않으면 과거 급제하는 것도 어렵게 되었으니 만주로 집단 이주를 하여 자체적으로 잘살아 보자는 것으로 결론이 났다.

만주는 너무나 포괄적인 개념이므로 윤동주와 관련하여 말할 때는 두만강 이북의 땅인 간도3로 좁혀 말하는 것이 옳을 듯하다. 네 명의 가족은 물론 하인과 친척들까지 포함하여 총 141명이 한날한시에 북간도로 이주하여 촌락을 건설했으니 그곳이 바로 명동촌(明東村)이다. 이주를 시작한 날이 1899년 2월 18일이었다. 이들은 그곳으로 이주해 살면서 세 가지 목표를 정했다.

---

3 간도(間島) : 중국 길림성의 동남부 지역. 두만강 유역의 북간도와 압록강 유역의 서간도를 통틀어 이른다.

1. 버려져 있는 간도의 기름진 땅을 우리가 개간해 잘살 아 보자.
2. 집단으로 들어가 살면서 간도를 우리 옛 조상의 땅으 로 만들자.
3. 기울어 가는 나라를 일으켜 세울 인재를 기르자.

그래서 각자가 일구게 된 땅의 일부를 공동소유로 내놓 아 학생들 장학기금으로 쓰기로 했다. 인재 양성을 위한 교 육기관을 만들었는데 그 이름은 명동서숙(明東書塾)이라고 지었다.

윤동주의 증조할아버지 윤재옥은 명동촌이 생기기 전인 1886년, 일찍이 함경북도 종성(鍾城)에서 북간도 자동(紫 洞)으로 이주하였다. 모두 18명이 함께 이주하였다. 윤재 옥의 아들, 즉 윤동주의 할아버지 윤하현은 기독교를 받아 들여 열심히 신앙생활을 했고 장로가 되었다. 그다지 멀지 않은 곳에 명동촌이라는 큰 마을이 생겨났다는 소문을 듣 고 윤하현 일가는 1900년에 그곳으로 이주를 했다.

윤하현의 아들 윤영석이 명동의 처녀 김용과 결혼하여 낳은 아들이 윤동주다. 그러니까 윤동주는 북간도 이주민

4세인 셈이다. 아버지 윤영석은 윤동주가 일곱 살 때인 1923년에 일본 유학의 길을 떠나는데, 일본 동경 일대에 관동대지진이 일어나자 급히 귀국한다. 자신이 못 이룬 꿈을 아들이 이루어 주길 바라며 윤동주에게 일본 유학을 허락했는데 그것이 죽음의 땅으로 보낸 일이 될 줄이야.

연변에서 복원한 윤동주 생가.

만주에 있는 윤동주 생가 입구.

2. 시에 관심을 갖게 된 이유

　윤동주는 1917년 12월 30일에 태어났다. 3남 1녀의 장
남이었다. 그 석 달 전인 9월 28일에 고종사촌 형 송몽규
가 외갓집인 윤동주의 집에서 태어났다. 둘은 처음에는 한
집에서 살았고 몽규네가 분가해 나간 뒤에는 한동네에서
같이 자라났다. 명동서숙은 발전해 명동학교가 된다.

　송몽규의 아버지 송창희는 명동학교에서 조선어를 가르
치는 교사였다. 지금으로 말하면 국어 선생님이었다. 윤동
주의 큰고모인 윤선영과 결혼했다. 몽규가 다섯 살이 되자
송창희는 처가에서 독립해 따로 살림을 차렸지만 한동네에
서 사는 동주와 몽규는 친척이면서 그보다 더 가까운 죽마
고우였다. 눈만 뜨면 만나서 이야기하고 놀았고 학교도 같
이 다녔다.

　몽규는 동주보다 공부를 잘했다고 한다. 성격도 활발하
고 적극적이라 몽규가 무엇을 하자고 제안하면 동주는 따
라서 하는 식이었다. 몽규가 서울에서 발간되는 어린이 잡

지 『어린이』를 정기 구독하자 동주도 뒤질세라 『아이생활』을 정기 구독했다. 1928년, 열두 살 때였다. 두 사람은 이 책에 실려 있는 동시와 동화를 읽으며 '문학'이라는 것을 동경하기 시작했다. 이 어린이 잡지는 동네 아이들에게 아주 인기 있었다. 그래서 온 동네를 돌아다녔고 나중에는 너덜너덜해졌다.

1929년, 명동학교 5학년 때였다. 문학을 동경만 하던 송몽규는 우리도 글을 써 책을 만들면 어떨까 하는 생각을 하였다. 『새 명동』이라는 등사판 어린이 잡지를 만들기로 했다. 이 어린이 잡지의 창간도 몽규가 주도했고 동주는 즐거운 마음으로 동갑내기 사촌 형을 도와주는 식이었다. 이 잡지는 남아 있지 않아서 두 사람이 어떤 작품을 여기에 실었는지는 알 수 없다. 아마도 이때 쓴 동시가 지금 우리가 읽고 있는 윤동주 동시의 원천이 된 것이 아닐까, 짐작을 해 본다. 두 사람은 책 읽는 즐거움과 글 쓰는 보람을 만끽하면서 10대를 보내게 된다.

1932년에 윤동주는 송몽규, 문익환과 함께 용정(龍井)에 있는 은진중학교에 입학한다. 공산주의자들이 명동촌에서 테러 사건을 일으켜 치안이 불안해지자 윤동주 일가와 친척들이 용정으로 이사해 와서 살게 되었다. 용정은 명동에서 20리 서쪽에 있었다.

1934년 겨울에 놀라운 소식이 이들에게 전해진다. 은진중학교 3학년 때였다. 송몽규가 〈동아일보〉 신춘문예에 짧은 소설(콩트)을 응모하여 당선되었다는 것이다.

윤동주는 송몽규의 당선 소식에 크게 자극을 받았고, 그해 크리스마스이브에 세 편의 시를 완성한다. 그가 발표한 최초의 성인시(동시와 반대되는 의미) 「초 한 대」, 「삶과 죽음」, 「내일은 없다」였다. 동주는 시를 쓰면 꼭 끄트머리에 쓴 날짜를 써 놓는 습관이 있었는데 같은 날 3편의 시를 썼다는 것은 그만큼 충격이 컸고 자극을 많이 받았다는 뜻이다. 일주일 뒤인 1935년 1월 1일자에 콩트 「숟가락」(신문에 발표될 때의 제목은 '술가락')이 필명 '송한범'이라는 이름으로 실리자 동주는 결심을 더욱 굳게 했을 것이다. 이 3편의 시를 포함해 윤동주는 자신이 쓴 시를 발표는 하지 않고 깨끗이 정서해 둔다.

'몽규 형은 역시 글을 잘 써. 중학교 학생인데 벌써 소설가가 되었구나. 그럼 나는 시를 써 시인이 되어야지.'

이 무렵에 쓴 3편의 시를 보자. (원래의 시에는 한자가 다

노출되어 있다.)

　　　초 한 대—
　　내 방에 품긴 향내를 맡는다.
　　광명의 제단이 무너지기 전
　　나는 깨끗한 제물을 보았다.

　　염소의 갈비뼈 같은 그의 몸,
　　그의 생명의 심지(心地)까지
　　백옥 같은 눈물과 피를 흘려
　　불살라 버린다.

　　그리고도 책상머리에 아롱거리며
　　선녀처럼 춤을 춘다.

　　매를 본 꿩이 도망하듯이
　　암흑이 창구멍으로 도망한
　　나의 방에 품긴
　　제물의 위대한 향내를 맛보노라.

—「초 한 대」전문

삶은 오늘도 죽음의 서곡을 노래하였다.
이 노래가 언제나 끝나랴

세상 사람은—
뼈를 녹여내는 듯한 삶의 노래에
춤을 춘다
사람들은 해가 넘어가기 전
이 노래 끝의 공포를
생각할 사이가 없었다.

하늘 복판에 알 새기듯이
이 노래를 부른 자가 누구뇨

그리고 소낙비 그친 뒤같이도
이 노래를 그친 자가 누구뇨

죽고 뼈만 남은

죽음의 승리자 위인들!

— 「삶과 죽음」 전문

내일 내일 하기에

물었더니

밤을 자고 동틀 때

내일이라고

새날을 찾던 나는

잠을 자고 돌보니

그때는 내일이 아니라

오늘이더라

무리여! 동무여!

내일은 없나니

…………

— 「내일은 없다 — 어린 마음이 물은」 전문

우리가 알고 있는 윤동주의 시와는 좀 다르지 않은가. 어조부터 많이 다르다. '~하노라', '~하느뇨', '~이더라', '~하나니'는 옛날 사람이나 나이가 지긋한 사람이 쓰는 말투다. 「초 한 대」는 제사상에 놓이는 초의 불꽃과 타오르는 초의 냄새를 감각적으로 형상화한 것으로 상당히 세련된 표현이지만 다소 관념적이다. 「삶과 죽음」은 인간의 운명에 대한 철학적인 내용인데 시상이 어둡고 난폭하기까지 하다. 「내일은 없다 ― 어린 마음이 물은」은 제목부터 절망스럽고 시 본문의 내용도 암울하다. 다른 윤동주의 시에서는 볼 수 없는 '포기'나 '좌절'의 이미지가 강하다. 식민지 지배를 받고 있는 우리 민족의 아픔을 은유적으로 표현했기 때문이다.

지금까지 세상에 모습을 드러낸 윤동주의 모든 시 작품 가운데 가장 앞선 날짜가 표시되어 있는 이 세 편의 분위기가 이렇게 어둡다니 조금은 이상하다. 이렇게까지 암울하고 체념적인 이유를 시대적인 측면에서 살펴본다.

발표 1년 전인 1933년 6월에 총독부는 압록강과 두만강 연안에 독립군이 암약한다는 소문이 정말인지 감시하기 위해 '국경감시단'이라는 것을 설치한다. 그 이듬해에는 중국 간도에 '간도협조회'라는 것을 조직해 유격 근거지에 대한 토벌 작전을 전개한다. 이런 소식을 윤동주가 몰랐을 턱이 없다. 또한 이 무렵에 총독부는 조선소작조

사령, 조선전기사업령, 조선농지령, 조선시가지계획령 등을 차례로 발표하면서 식민지 지배를 공고히 해 나가 우리 민족의 숨통을 조일 때라 시대 분위기가 암담했다. 그래서인지 윤동주는 개인의 정서를 드러내는 데서 출발하지 않고 우리 민족이 처해 있는 슬픈 현실이 중심 소재가 되는 시를 처음부터 썼음을 알 수 있다.

1935년에 두 사람의 운명은 크게 바뀐다. 4월에 송몽규는 학업을 중단하고 중국 낙양에 있는 군관학교에 들어간다. 몽규는 상해까지 찾아가 김구 선생을 찾아뵙고 진로 상담을 했더니 중국의 남쪽 지방인 낙양에 세워진 군관학교에 가라는 조언을 해 주는 것이었다. 즉, 대한독립군 양성 기관인 낙양군관학교가 만들어져 제2기 간부 후보생을 뽑고 있으니 그곳에 가서 심신을 단련하고 애국 사상을 고취하라고 권유했던 것이다. 몽규는 학생으로서 공부만 해 왔는데 독립운동가가 될 수 있다는 생각에 가슴이 쿵쾅쿵쾅 뛰었다.

군관학교 시절에도 몽규는 문학적 재능과 리더십을 발휘해 등사판 문집을 만든다. 김구 선생에게 편지를 드려 문집의 이름을 무엇으로 할지 가르쳐 달라고 하니까 '신민(新

民)'을 추천해 주어 그 이름으로 문집을 낸다. 동봉한 작품에 대해서도 김구는 칭찬을 아끼지 않는다.

중학교 3학년을 마친 윤동주와 친구 문익환은 중국 용정의 은진중학교보다 더 수준 높은 공부를 하고자 평양에 있는 숭실학교 중등부에 가서 편입 시험을 친다. 교회를 다니던 동주와 익환의 부모들로서는 미국 북장로교 선교사 W. M. 베어드가 평양에 세운 이 학교에 보내는 것이 다른 학교보다 안심이 되었다.

익환은 합격하여 4학년에 다니게 되는데 동주는 떨어져 3학년을 한 해 더 다니게 된다. 하지만 그해 10월, 윤동주는 숭실학교에서 처음으로 문학작품을 발표한다. 교내 문예반에서 발간하는 『숭실활천(崇實活天)』이라는 교지에 시 「공상」, 「거리에서」, 「창공」, 「남쪽 하늘」 등을 발표한 것이다. 하지만 학교에서 발간하는 교지의 지면이었기에 등단이라고 볼 수는 없다. 몇 편을 보자.

공상—
내 마음의 탑
나는 말없이 이 탑을 쌓고 있다.

명예와 허영의 천공(天空)에다
무너질 줄 모르고
한 층 두 층 높이 쌓는다.

무한한 나의 공상—
그것은 내 마음의 바다,
나는 두 팔을 펼쳐서
나의 바다에서
자유로이 헤엄친다.
황금 지욕(知慾)의 수평선을 향하여.

—「공상」 전문

이 시 역시 한자가 많이 나오고 비현실적인 세계이기 때문에 관념 편향의 시라고 볼 수 있다. 윤동주 초기 시의 모습이 이렇게 무디고 무겁다는 것이 뜻밖이고 신기하기까지 하다. 우리가 아는 윤동주의 대표작들과는 사뭇 다른, 아직은 미숙하고 조금은 어색한 시 세계다.

달밤의 거리

광풍이 휘날리는
북국의 거리
도시의 진주
전등 밑을 헤엄치는
조그만 인어인 나,
달과 전등에 비쳐
한 몸에 둘 셋의 그림자,
커졌다 작아졌다.

괴롬의 거리
회색빛 밤거리를
걷고 있는 이 마음
선풍(旋風)이 일고 있네.
외로우면서도
한 갈피 두 갈피
피어나는 마음의 그림자,
푸른 공상이
높아졌다 낮아졌다.

—「거리에서」 전문

이런 시는 상당히 모던하고 도회적이고 또한 감각적이다. 이것 역시 우리가 알고 있는 윤동주의 시와는 차이가 좀 있다. 「창공」의 "그 여름날/열정의 포플러는/오려는 창공의 푸른 젖가슴을/어루만지며 /팔을 펼쳐 흔들거렸다." 나 「남쪽 하늘」의 "어머니의 젖가슴이 그리운/서리 내리는 저녁—/어린 영(靈)은 쪽나래의 향수(鄕愁)를 타고/남쪽 하늘을 떠돌 뿐—" 하면서 감각적이고 모던한 시 세계를 보여 주고 있다. 만약 윤동주가 우리나라와 우리 민족이 처한 현실로 눈을 돌리지 않았다면 계속해서 이런 유의 작품을 썼을지도 모른다. 그랬다면 온 국민이 애송하는 주옥같은 작품은 탄생하지 않았을 테고, 이런 공상과 환상의 세계에 계속 머물렀을 것이다.

동주가 이렇게 학교 생활과 창작 활동을 병행하고 있는 동안 몽규의 삶은 이전과는 판이하게 달라진다. 1년 동안 군관학교를 다닌 몽규는 1936년 4월 10일에 중국 산동성의 성도(省都)인 제남(濟南)이라는 곳에서 일본의 영사관 소속 경찰관에게 붙잡힌다. 일제는 군관학교에 다닌 것 자체를 독립운동에 가담한 것으로 간주하였다. 고문까지 하면서 지난 1년 동안 거기서 어떤 내용의 훈련을 받았는지, 누구 밑에서 훈련을 받았는지, 어떤 친구들을 사귀었는지 실토하라고 채근한다. 몽규는 제남에서 두 달 조사를 받은 뒤 국경을 넘어 함북 옹기군에 있는 경찰서로 이송되어 몇 달 동안 또다시 조사를 받는다. 아무리 털어도 별다른 먼지가 나지 않자 일본 경찰은 거주제한을 단서로 하여 귀가 조처를 내린다. 몽규는 이 일로 일본 특고경찰4의 요시찰인물로 분류되어 그 후 계속해서 감시를 받는다. 일단 고향에 돌아와 고문으로 병약해진 몸을 요양하다가 1937년 4월에 용정의 대성중학교 4학년에 편입한다. 이런 몽규가 일본으로 유학을 가게 되었으니, 특고경찰의 감시가 일본에 간 몽규의 일거수일투족에 가해지는 것은 당연한 일이었다. 이것을 까맣게 몰랐던 것이 송몽규와 윤동주의 비극의 시작이었다.

---

4 특고경찰(特高警察) : 조선인 사상범 검거를 주목적으로 하는 일본의 특별한 경찰 조직을 이렇게 부름.

용정의 중학교 교정에 세워진 윤동주 시비.

앞의 가운데가 송몽규, 뒤의 우측이 윤동주.

當選
콩트
숟가락
宋漢範

우리부부는 인제는 쌀쌀스럽다 하게 되엿다.

정말일은 다잡아먹고 쩌렁졋다.

「아ー여보 어디를 나가 봐요
ー!」

자가 특유의 권위잇는 그림(?)도여 소리로 씨악을 질럿다.

「…………」나는 다만 쩌렁스러운 아내를 바라보며 쥐가 따먹으니지 나믄 쥐궁이처럼 붓는 듯한 목소리로 대답할 뿐이엇다.

「아 여보 죤�'t 가생겻소ー녈」
붉윽 먼저 침묵을 깨틀엇다.

「뭐요? 죤�'t?」무슨 죤�'t요? 죤숡수가 잇어앗던 알뜰한 소수라에선 쥐가 싸리든지 나믈 지르고 경을 치다나마지 잡어다 든다 대개 이러한 뜻이엇다.

그러나 지금 쥐궁이이의 쩌림지도 목지 못하는 이술쌀뜨자에선 침묵의 먼지가 꽉시 지낫엇스리라.

…이술꺼ー침이 쩌ㅅ다 이술...

아내를 물어두고 머리가 히드ㅡ 함지나기를 바란다. 그리고 나는 이 숟가락을 설움으로 보낸다 이경을 보ㅡ라 볼...

연설울술 쩌도ㅡ보았다.

「더X엇 잇슴인 늘 잇물....
X쩌되 안햇소ー」라고쟁이햇엇

「남 말대로 해요」하햇는 수안앗던넛시 쏘리의 말하나가랑을 잇을기엔는 떠가할 듯햇다.

그것이 우숙저러 해셔보ㅡ다 우리의 쩌른쩡쩐 살림을 멀리떡바라보자서 멀니 X쩌 떠거이 떠나웟더 출박이로

「저우ㅣ 가랑일 인X 져녀안쨌 것ー 셋쩌웟으머 못ㅡ한쩌이 러니름붙아쩌 쩌도....

....

송몽규의 신춘문예 당선작.

3. 죽은 뒤에야 시인이 되다

1935년 9월 1일부터 동주는 숭실학교 중등부에 다니게 되는데 학교를 그만두는 불상사가 발생한다. 일본이 신사참 배5를 강요하자 미국인 선교사들과 이들의 가르침을 받은 학생들이 이를 거부한다. 학생들은 항의의 표시로 집단 자퇴 하고는 각자 고향으로 돌아가 버린다. 1937년 10월부터는 '황국신민(皇國臣民)의 서사(誓詞)'라는 것을 조회 시간마다 외우게 한다. 학생들은 다음과 같이 매일 큰소리로 외쳐야 했다.

1. 우리들은 대일본 제국의 신민(臣民)입니다.

---

5 신사참배 : 일제강점기에 일본이 천황 이데올로기를 주입하기 위해 곳곳에 신사 를 세우고 한국인들로 하여금 강제로 참배하게 했다. 신사는 원래 일본의 민간 종교인 신도(神道)의 사원이다. 신사를 중심으로 천황도 신격화하여 자국 국민의 정신적 지배는 물론 군국주의적 침략 정책 및 식민지 지배에도 이용하였다.

2. 우리들은 마음을 합하여 천황 폐하에게 충의를 다하겠습니다.

3. 우리들은 인고단련(忍苦鍛鍊)하여 훌륭하고 강한 국민이 되겠습니다.

신을 믿는 선교사들에게 신사참배는 우상숭배나 마찬가지였고 황국신민의 서사는 강요된 거짓 맹세였다. 억지로 외치는 것이었지만 아이들의 마음속에 일본에 대한 충성심을 심어 줄 수 있다고 믿었기 때문에 총독부에서는 이를 매일 철저히 시행하였다. 선교사들이 일치단결하여 일제의 명령에 불복하기로 작정하였다.

1937년 10월, 마침내 숭실학교를 비롯해 평양의 북장로계 남녀 중학교 10개와 남장로계 중학교 2개, 초등학교 8개는 총독부에 학교 폐교원(廢校願)을 제출하였고 1938년 3월 4일 총독부가 이를 승인해 학교들이 일제히 문을 닫게 된다. 총독부의 명을 거부하는 미션스쿨은 다 본보기로 폐교를 시킨 것이다.

그 전 해인 1936년에 총독부의 신사참배 강요를 거부하고 용정으로 돌아온 동주는 광명학원 중학부 4학년에, 문익환은 5학년에 편입해 다닌다. 5년제 중학교를 졸업한 동주는 1938년 4월, 만 22세 나이에 서울의 연희전문학교(지금의 연세대학교)에 입학하고 같은 해에 몽규도 입학하여 대학에서 친해진 또 한 명의 친구 강처중과 함께 세 명이서 기숙사 3층 지붕 밑 방에서 생활하게 된다.

연희전문학교에서 동주는 최현배 선생과 김윤경 교수에게 조선어를 배웠다. 이양하 교수에게서 영시(英詩)를, 손진태 교수에게서 역사를 배웠다.

윤동주는 입학한 해인 1938년 한 해 동안 「새로운 길」을 비롯한 8편의 시, 「산울림」을 비롯한 5편의 동시, 그리고 「달을 쏘다」라는 산문을 1편 쓴다. (훗날 일본의 교토 우지강가에 세워진 '윤동주 기억과 화해의 비'에 시 「새로운 길」이 새겨진다. 「달을 쏘다」는 몇 년에 걸쳐 재공연을 하게 되는 창작가무극의 제목이 된다.)

연희전문학교에 다니면서 학우회지 『문우(文友)』에 「새로운 길」 같은 시를 발표하기도 하지만 당시 문예지나 동인지에는 시를 발표한 적이 없어서 그를 정식으로 등단한 시인으로 볼 수는 없다. 특히 1939년 1월에 산문 「달을 쏘다」를 〈조선일보〉 학생란에 발표한 적이 있었지만 이 또한 등단이라고 볼 수는 없다. 그러니까 그는 등단의 관문을 거쳐 시인이 되는 우리 식 제도 아래서는 생애 내내 한 번도 시인이 되어 본 적이 없다. 하지만 아동문학계에는 제법 이름이 알려져 있었다. 어떻게 된 일일까?

1936년 윤동주는 그간 썼던 동시를 간도 지방 연길에서 나오던 청소년 잡지인 『카톨릭소년』에 투고해 보았다. 놀랍게도 집에 배달되어 온 이 책에 자신이 보낸 시가 실려 있는 것이 아닌가. 이때는 본명 '尹東柱' 대신에 한글만 같고 한자는 다른 '尹童柱'나 '尹童舟' 같은 필명을 썼다. 훗날 시를 발표하게 되면 그때는 본명을 쓰고 그 전에는 아직 미등단자이니 필명을 쓰자는 의도에서였다. 『카톨릭소년』에 계속해서 동시를 발표함으로써 인지도를 꾸준히 높여 갔지만 성인 시는 단 1편도 발표하지 않고 노트에 적어 두기만 했다.

그런데 어떻게 해서 이들 시가 세상에 알려지게 되었을까? 일본으로 유학을 떠나면서 앞날이 어떻게 전개될지 알 수 없다는 불길한 예감에 동주는 졸업 기념 시집을 출간한 뒤 일본에 가고 싶었다. 일본에 유학을 가 있다가 징병에 끌려가거나 자원입대하는 경우가 그 무렵 종종 있었던 것이다. 앞날을 예측할 수 없기에 동주는 3권의 시집을 직접 펜으로 써서 만들었다. 총 19편의 시를 여기에 실었고, 동시는 없었다. 한 권을 은사이신 이양하 교수에게 드리면서 시집 출간을 넌지시 여쭤보았다.

이양하 교수는 시집 출간을 만류하였다. 지금은 전쟁 중이고 세상이 어수선하니 시집을 지금 내는 것은 바람직하지 않다고 말하지 않았을까. 선생의 말을 듣고 시집 출간을 포기하게 되는데, 정작 스승은 제자의 이 시집 노트를 분실하고 만다. 동주는 자신을 평소에 잘 따르는 연희전문 후배 정병욱에게 또 한 권을 선물하였다. 정병욱은 징병으로 끌려가게 되자 윤동주의 친필 시집을 잘 싸서 작은 단지에 봉해 놓고 집(전남 광양시 진월면 망덕리 24번지)의 마루 밑에 숨겨 놓는다.

태평양전쟁이 끝나 집에 돌아왔을 때, 다행히도 선배의 친필 시집 원고가 그 자리에 그대로 있는 것이 아닌가. 만약 이 시집마저 훼손되거나 분실되었더라면 윤동주의 시는 영영 세상의 빛을 보지 못하고 묻혀 버렸을 것이다.

광복 후인 1948년, 정병욱과 강처중의 주선으로 정음사에서 간행된 유고 시집의 이름은 '하늘과 바람과 별과 詩'

였다. 그런데 윤동주는 시집 제목을 '병원'으로 할까 하는 생각도 있었다고 한다. 정병욱의 회고담에 따르면 '그때는 동주가 세상이 온통 환자투성이라고 생각'했다는 것이다.

생각이 바뀌어 지우개로 지우기는 했지만 직접 만든 친필 노트 겉에는 '병원'이라는 제목의 자국이 남아 있다. 그 당시 우리 사회는 병들어 있었고, 우리나라 사람 중 온전한 사람은 다 병원 신세를 지고 있다고 그는 생각하였다. 그 당시 우리 문단은 친일 문학 작품을 쓰는 사람들이 완전히 장악하고 있었다고 해도 과언이 아니다. 일제는 민족의식이 담긴 작품을 실어 주는 『문장』과 『인문평론』을 강제 폐간시키고 그 대신 친일 문학인들의 주발표지인 『국민문학』에는 지원을 아끼지 않았다. 김동환 시인이 만든 종합지 『삼천리』는 문예 작품도 많이 실었는데 이 잡지가 인기가 있자 그는 자매지인 『삼천리문학』을 내기도 했다. 대중잡지인 『삼천리』는 아주 인기가 많아서 매호 몇천 권씩을 찍었다. 일제는 손기정 선수의 올림픽 마라톤 우승 소식을 전하면서 가슴에 붙인 일장기를 지우고 발행한 동아일보를 폐간시켰고 조선일보도 이어서 폐간시켰다. 사람들은 『매일신보』나 『대한신문』, 『국민신보』 같은 친일 신문만 볼 수 있었다. 친일 잡지와 친일 신문만 판치는 세상이 되었다.

살구나무 그늘로 얼굴을 가리고, 병원 뒤뜰에 누워, 젊은 여자가 흰 옷 아래로 하얀 다리를 드러내 놓고 일광욕을 한다. 한나절이 기울도록 가슴을 앓는다는 이 여자를 찾아오는 이, 나비 한 마리도 없다. 슬프지도 않은 살구나무 가지에는 바람조차 없다.

나도 모를 아픔을 오래 참다 처음으로 이곳에 찾아왔다. 그러나 나의 늙은 의사는 젊은이의 병을 모른다. 나한테는 병이 없다고 한다. 이 지나친 시련, 이 지나친 피로, 나는 성내서는 안 된다.

여자는 자리에서 일어나 옷깃을 여미고 화단에서 금잔화 한 포기를 따 가슴에 꽂고 병실 안으로 사라진다. 나는 그 여자의 건강이—아니 내 건강도 속히 회복되기를 바라며 그가 누웠던 자리에 누워 본다.

—「병원」 전문

이 시는 지금 이 시대의 말로 하면 '피로 사회'를 그리고 있다. 사람들을 피로하게 만드는 사회. 나는 분명히 아픈데 의사는 병이 없다고 하니 귀신이 곡할 노릇이다. 평이한 진술로 일관하고 있지만 시대의 아픔을 은유적으로 표현하고 있다.

시집 초판본에는 정지용의 서문과 강처중의 발문이 실렸다. 친구 강처중의 발문은 동주의 사람 됨됨이를 알게 한다. 윤동주는, 마음이 참으로 따뜻한 사람이었다.

동주는 별로 말주변도 사귐성도 없었지만 그의 방에는 언제나 친구들이 가득 차 있었다. 아모리 바쁜 일이 있더라도 "동주 있나" 하고 찾으면 하던 일을 모두 내던지고 빙그레 웃으며 반가이 마조앉아 주는 것이었다.

"동주 좀 걸어 보자구" 이렇게 산책을 청하면 싫다는 적이 없었다. 겨울이든 여름이든 밤이든 새벽이든 산이든 들이든 강가이든 아모런 때 아모데를 끌어도 선뜻 따라 나서는 것이었다. 그는 말이 없이 묵묵히 걸었고 항상 그의 얼굴은 침울하였다.

(중략)

"동주 돈 좀 있나" 옹색한 친구들은 곧잘 그의 넉넉지 못한 주머니를 노리었다. 그는 있고서 안 주는 법이 없었고 없으면 대신 외투든 시계든 내주고야 마음을 놓았다. 그래서 그의 외투나 시계는 친구들의 손을 거쳐서 전당포 나들이를 부지런히 하였다.

동주가 무척 내성적이었고 마음이 약했음을 알 수 있다. 친구가 부탁을 하면 거절을 못 하는 성격인데 시에도 그런 마음이 나타나는 경우가 있다. 「사화상」이나 「참회록」을 보면 동주가 얼마나 순수한 영혼의 소유자인지가 그대로 드러난다. 누구를 비방하거나 모함하거나 질책하는 것은 그와는 먼일이었다.

돌아가다 생각하니 그 사나이가 가엾어집니다.
도로 가 들여다보니 사나이는 그대로 있습니다.

다시 그 사나이가 미워져 돌아갑니다.
돌아가다 생각하니 그 사나이가 그리워집니다.

—「자화상」 부분

내일이나 모레나 그 어느 즐거운 날에
나는 또 한 줄의 참회록을 써야 한다.
—그때 그 젊은 나이에
왜 그런 부끄런 고백을 했던가.

—「참회록」 부분

윤동주는 기독교 집안에서 태어나 어릴 때부터 교회에 다녔다. 기독교도 불교도 종교의 근본은 남에 대한 이해와 배려다. 기독교의 사랑과 불교의 자비는 큰 차이가 없다. 생애 내내 동주의 마음을 지배한 감정은 수치심과 동정심이었다. 그는 늘 학생이었기에 "땀내와 사랑내 포근히 품긴/보내주신 학비봉투를 받아"(「쉽게 씌어진 시」) 살아갔다. 그런데 태평양전쟁 발발 이후 많은 조선인 청장년들이 징용과 징병에 끌려가서 목숨을 잃었다. 이런 위험 지대에 가지 않는 학생 신분임을 생각하면 자신의 처지를 생각하면서 윤동주는 많이 부끄러웠을 것이다. 남들은 갖은 고생을 다 하고 목숨을 잃기까지 하는데, 나 자신은 편안하게 책이나 끼고 다닌다는 자책감이 또한 시를 쓰는 원동력으로 작용했을 것이다. 잘 모르는 사람이 말을 걸면 얼굴을 붉히면서 부끄러워했다는 동주가 시를 쓰면서 얼마나 많이 부끄러워했는지 그의 시에 잘 나타나 있는데, 이 얘기는 뒤에서 또 하기로 한다.

이 무렵의 특기할 사항이 있다. 동주의 아버지는 1932년에 인쇄 사업을 시작했지만 실패하였고 1936년에 포목상을 냈으나 이 사업 또한 마찬가지였다. 그래서 집안 살림이 그리 넉넉하지 못했다. 아버지는 객지에 나가서 공부하는 아들 동주의 학비며 생활비를 넉넉하지 못한 살림을 꾸려가면서도 꼬박꼬박 챙겨서 부쳐 주었다. 학비와 생활비를 받으면서 동주로서는 죄송하기만 했다. 시에도 자주 나타나는 '부끄러움'에 대한 인식은 이러한 사정이 하나의 원인이 되었을지도 모른다.

광명중학교 5학년 2학기 때 상급학교 진학을 앞두고 동주는 아버지와 크게 대립한 적이 있었다. 아버지는 동주에게 의전(醫專)에 진학하여 의사가 되라고 했고 동주는 문과

로 가겠다고 하니까 아버지의 역정은 이만저만이 아니었
다. 동주의 할아버지 윤하연이 이 광경을 보고 아들을 달랬
고, 결국 윤영석은 동주가 연희전문 문과에 원서를 쓰는 것
을 허락하였다. 이런 과정도 있었기 때문에 연희전문에 다
니면서 동주는 자신이 집에 아무 보탬이 되지 못하는 것에
대해 무척 송구스러워했다.

정병욱이 살던 집.

윤동주의 노트가 보관되어 있는 마루 밑.

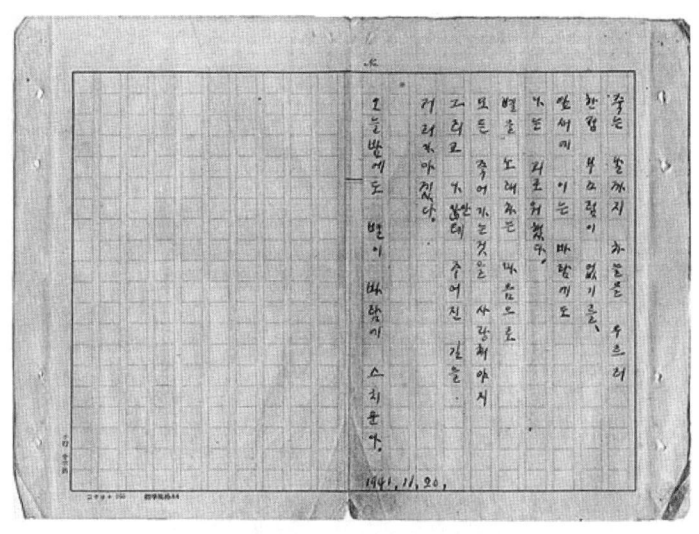

윤동주의 친필 글씨가 단정하다.

정음사에서 1948년에 낸 시집 초판본 표지.

4. 윤동주는 어떤 동시를 썼나

    윤동주의 시가 처음 활자화된 것은 1935년 숭실중학교 시절, 『숭실활천』 제15호에 실린 시 「공상」이다. 동주가 용정에 있는 광명학원 중학부 4학년에 편입하는 1936년에 간도의 연길에서 간행되던 『카톨릭소년』6에 동시 「병아리」를, 11월호에 동시 「조개껍질」과 「빗자루」를 12월호에 발표한다. 이때는 '尹童柱'라는 필명을 썼다. 1937년에도 『카톨릭소년』에 동시 「오줌싸개 지도」(1월호), 「무얼 먹고 사나」(3월호)를 '尹童柱'란 이름으로, 「거짓뿌리」(10월호)를 '尹童舟'라는 이름으로 발표한다.

    1938년 2월에는 광명중학교(5년제)를 졸업하고 4월 9일에 서울 연희전문 문과에 입학한다. 이 해에도 동시 「햇빛,

---

6 카톨릭소년 : 1934년 만주 연길교구에서 창간한 잡지. 발행인은 신부인 아펠만, 주간은 김구정, 발행소는 용정본당이었다. 한국정신문화연구원, 『한국민족문화대백과사전 1』, 웅진출판주식회사, 1991, 194쪽 참조.

바람」, 「해바라기 얼굴」, 「애기의 새벽」, 「귀뚜라미와 나와」 등을 발표한다. 1939년에는 「아우의 인상화」, 「산울림」 등을 발표한다. 연희전문 학생이 되는 1938년부터는 발표 지면이 『소년』으로 넓혀진다. 20세인 1936년부터 22세인 1938년까지 3년 동안 동시를 집중적으로 썼던 것인데, 어릴 때 보았던 어린이 잡지 『아이생활』, 『어린이』가 큰 영향을 주었을 것이다. 그러나 이것이 전부일까? 정지용의 영향이 크다고 할 만한 몇 가지 에피소드가 있다.

정지용이 『정지용 시집』을 낸 것은 1935년 10월 27일, 서울 시문학사였다. 89편의 시가 실려 있는 이 제1시집에는 동시로 볼 수 있는 작품이 여럿 있다. 윤동주가 이 시집을 탐독한 것으로 알려져 있는데7 시집 속의 동시를 보고서 본인도 동시를 발표할 마음을 먹었던 것이 아닐까? 『정지용 시집』에는 이런 작품들이 실려 있다.

---

7 송우혜가 쓴 『윤동주 평전』에는 이렇게 나와 있다. "정지용은 윤동주가 평생을 두고 가장 좋아한 시인이다. 지금도 윤동주의 유품 중에 『정지용 시집』이 남아 있는데, 도처에 붉은 줄이 그어져 있고, 곳에 따라서는 적절한 촌평도 가해져 있는 등, 그가 얼마나 정독하던 책인지를 알 수 있다." 송우혜, 『윤동주 평전』, 세계사, 개정판 1쇄, 1998, 152쪽.

얼골 하나야
손가락 둘로
폭 가리지만,

보고 싶은 마음
호수(湖水)만 하니
눈 감을 밖에.

　　　　　　　　　　—「湖水 1」 전문

오리 목아지는
호수(湖水)를 감는다.

오리 목아지는
자꼬 간지러워.

　　　　　　　　　　—「湖水 2」 전문

　시각적 이미지를 강조하며 자신의 심상을 나타낸 이런 시
를 두고 동시라고 단정하기는 어렵다. 특히 앞의 시는 시적
자아의 정조가 어른스러우며, 뒤의 시는 '호수를 감는' 오리

의 모습을 어린이가 이해하기란 쉽지 않다. 독자 나름대로 심층적 상상력을 가동해야 하기에 그렇다. 그렇다면 다음의 시는 어떤가?

어적게도 홍시 하나.
오늘에도 홍시 하나.

까마귀야. 까마귀야.
우리 남게 웨 앉았나.

우리 옵바 오시걸랑.
맛뵐라구 남겨 뒀다.

후락 딱 딱
훠이 훠이!

— 「홍시」 전문

중, 중, 때때 중,
우리 애기 까까머리.

삼월 삼질날,

질나라비, 휠, 휠

제비 새끼, 휠, 휠,

쑥 뜯어다가

개피 떡 만들어.

호, 호, 잠들여 놓고

냥, 냥, 잘도 먹었다.

중, 중, 때때 중,

우리 애기 상제로 사갑소.

— 「삼월 삼짇날」 전문

　의심할 여지없이 동시다. 우리나라의 동시에는 의성어, 의
태어, 부사, 첩어 등을 적절하게 사용하여 아이들의 감각을 일
깨워 주는 것이 많다. 사람이나 동물의 움직임과 소리 등을 나
타내는 시어들은 아이들의 정서에 직접 닿는 효과가 있다. 부
사나 첩어 또한 아이들에게 정서의 폭을 넓혀 주므로 동시에
빈번하게 등장한다. 정지용의 시집에는 이 외에도 동시로 간

주할 수 있는 「해바라기 씨」, 「지는 해」, 「산 넘어 저쪽」, 「종 달새」, 「할아버지」, 「말」, 「산에서」, 「바람」, 「별똥」 등을 합쳐 10편을 웃돈다. 문단의 대가 정지용이 낸 첫 시집에 이렇듯 동시가 제법 많이 나와 있는 것을 광명중학교 시절에 본 윤동 주가 용기백배하여 동시 쓰기에 열심을 내기 시작한 것이다.

윤동주는 평양의 숭실학교 중등부 재학 시절, 연희전문 학교 재학 시절, 그리고 일본 유학 시절에 고향을 떠나 있 게 된다. 일본으로 유학을 떠나기 전 한 달 반 정도 고향에 가 머무르기는 했지만. 그 당시 수많은 사람이 다양한 이유 로 고향을 떠나 살았기 때문인지는 알 수 없지만, 윤동주 동시의 중요한 모티브가 고향을 떠나는 일 혹은 고향에 대 한 그리움이다.

아롱아롱 조개껍데기
울언니 바닷가에서
주워온 조개껍데기

여긴여긴 북쪽나라요
조개는 귀여운 선물

장난감 조개껍데기

데굴데굴 굴리며 놀다
짝 잃은 조개껍데기
한 짝을 그리워하네

아롱아롱 조개껍데기
나처럼 그리워하네
물소리 바다물소리

—「조개껍질」전문

조개껍질의 한쪽에는 조갯살이 붙어 있고 다른 쪽은 뚜껑 역할을 한다. 두 개의 껍질이 있어야 하나의 조개를 이룬다는 것이 이 시의 모티브다. 언니가 바닷가에서 주워 온 조개를 갖고 놀다가 한쪽을 잃어버렸는데 나도 잃어버린 한쪽 조개를 아쉬워하지만 조개 자체도 잃어버린 한쪽을 그리워한다는 내용이다. 윤동주 자신의 입장으로 바꿔 이 동시를 이해해 본다면 '나'는 부모 형제와 헤어져 먼 곳에 유학을 와 있는 학생이다. 당시에는 가족이 헤어져 타지며 다른 나라에 가 있는 경우가 아주 많았다. 고향을 등진 독립운동가도 많았고 국경을 넘어 돈 벌러 간 이들은 헤아릴 수조차 없다. 아이들에게는 함께 살던 부모 형제와 헤어지는 것만큼 큰 비극이 없었다.

> 빨랫줄에 걸어논
> 요에다 그린 지도
> 지난밤에 내 동생
> 오줌 싸 그린 지도
>
> 꿈에 가 본 엄마 계신
> 별나라 지돈가?
> 돈 벌러 간 아빠 계신
> 만주땅 지돈가?
>
> ―「오줌싸개 지도」 전문

형제는 지금 고아나 다를 바 없다. 엄마는 이 세상 사람이 아니고 아빠는 돈을 벌러 멀고 먼 만주에 가 있다. '동시'라고 하여 동심의 세계, 혹은 진선미의 세계를 추구해야만 하는 것은 아닐 것이다. 당시 많은 어린이가 겪고 있는 불행한 현실 상황이 그대로 작품의 소재와 주제가 되고 있는 것이 윤동주 동시의 한 특징임을 「오줌싸개 지도」는 잘 알려 준다.

헌 짚신짝 끌고
나 여기 왜 왔노
두만강을 건너서
쓸쓸한 이 땅에

남쪽 하늘 저 밑에
따뜻한 내 고향
내 어머니 계신 곳
그리운 고향집

　　　　　　　— 「고향집 — 만주에서 부른」 전문

이 동시는 만주에 가 있는 아들이 두만강 이남에 있는 어머니를 그리워하는 내용이다. 만주는 '쓸쓸한 이 땅'이고 남쪽 하늘 저 밑에는 '따뜻한 내 고향'이 있다. 그 고향에는 어머니가 나를 기다리고 있다. 그런데 고향을 떠나 만주에 갈 때의 모습을 윤동주는 "헌 짚신짝 끌고"라고 표현했다. 쫓겨 가듯이, 달아나듯이 두만강을 건너갔기에 고향과 멀어진 것이다. 만주에서 줄곧 생각하는 것이, "나 여기 왜 왔노"이다. 이 작품에는 어른이 가질 법한 회한의 정서가 나타나 있어서 동시로 볼 수 없을지도 모르지만 윤동주는 『카톨릭소년』에 다른 동시와 함께 이 작품을 발표함으로써 동시로 쓴 것이 아닐까 추정케 한다.

누나!
이 겨울에도
눈이 가득히 왔습니다.

흰 봉투에
눈을 한 줌 넣고
글씨도 쓰지 말고
우표도 붙이지 말고
말쑥하게 그대로
편지를 부칠까요?

누나 가신 나라엔

눈이 아니 온다기에.

—「편지」 전문

  이 동시 속의 남동생은 죽은 누나를 그리워하고 있는 듯
하다. 우리나라는 제주도처럼 따뜻한 곳만 눈이 잘 안 내리
는데, 누나가 가신 나라도 그렇다고 화자는 생각한다. 눈
내리던 날 누나와 함께 나눈 따뜻한 기억이 화자에게 있는
가 보다. 그래서 이승의 눈을 저세상에 있는 누이에게 보내
고 싶은 것이다. 누나를 잃은 남동생의 슬픔을 다룬 이런
동시가 단순히 남매간의 사별을 다룬 것일까?

햇살은 미닫이 틈으로

길쭉한 일자(一字)를 쓰고…… 지우고……

까마귀 떼 지붕 위로

둘, 둘, 셋, 넷, 자꾸 날아 지난다.

쑥쑥—꿈틀꿈틀 북쪽 하늘로,

내사……

북쪽 하늘에 나래를 펴고 싶다.

— 「황혼」 전문

윤동주가 평양과 서울(경성)에서 공부를 하던 시절, '북쪽' 은 윤동주에게 고향이 있는 곳이었다. 황혼녘에 까마귀 떼 가 북쪽으로 날아가는 것을 보고 북쪽 하늘에 나래를 펴고 싶다고 생각하는 것 자체가 향수의 발로다. 황혼녘 미닫이 문틈으로 길게 들어오는 햇빛 줄기를 시적 화자가 하숙집 방에서 바라보고 있다. 저물녘 차분해진 풍경 속에서 까마 귀의 움직임이 활발한데, 윤동주가 이 까마귀에 어떠한 심 상을 심어 놓았을지는 미지수다. 황혼녘과 까마귀의 움직임 이라는 시적 정조가 동시치고는 제법 무겁기 때문이다.

윤동주가 평양 숭실중학교에 다닌 기간이 짧았던 만큼 평양을 무대로 한 시가 별로 없지만 아래 시는 평양에 있었 기에 쓸 수 있게 된 작품이다.

앙당한 소나무 가지에
훈훈한 바람의 날개가 스치고,

얼음 섞인 대동강 물에,
한나절 햇발이 미끄러지다.

허물어진 성터에서
철모르는 여아들이
저도 모를 이국 말로
재질대며 뜀을 뛰고.

난데없는 자동차가 밉다.

— 「모란봉에서」 전문

이 시에서 주목해야 할 것은 제2연이다. 모란봉 허물어진 성터에서 "철모르는 여아들이 저도 모를 이국 말로 재질대며 뜀을 뛰고" 있다는 것인데, 이때의 이국 말은 일본어다. 일본 동요를 부르며 노는 여자애들을 보고 낯설다고 느낀 이유는 북간도에서는 전혀 볼 수 없던 풍경이었기 때문이다. 조선의 아이들이 일본 노래를 부르며 유희를 하고 있는 풍경 또한 윤동주로 하여금 조국이 이국처럼 느껴지게 했던 것이리라. 그래서 "난데없는 자동차

가 밉다"는 구절로 결구를 삼은 것이 아닐까. 자동차는
이 작품에서 문명의 이기라기보다는 '일제'의 객관적 상
관물이다. 조선인이 차를 몰고 다니는 경우보다는 일본인
이 차를 모는 경우가 훨씬 많았던 시절이었으니까. 아무
튼 윤동주의 역사의식과 민족정신은 이런 동시 작품에서
도 은근슬쩍 드러난다.

　윤동주 동시의 또 하나의 특징은 가난을 다룬 작품이 많
다는 것이다. 가난은 대체로 음식과 관련이 있다. 인간은
궁핍할수록 먹고 사는 일차적 현상에 더 매달리게 된다. 다
른 여유를 누릴 만한 형편이 되지 않기 때문이다.

　　붉은 사과 한 개를
　　아버지 어머니
　　누나, 나, 넷이서
　　껍질째로 송치까지
　　다― 나눠먹었소.

　　　　　　　　　　　　― 「사과」 전문

　사과 한 개를 네 식구가 나눠 먹는데 껍질을 벗기지도 않

을 뿐만 아니라 송치(속고갱이)까지 다 먹었다는 것이다. 사과를 자주 먹을 수 없다는 것에 대한 간접적인 표현이다. 동시의 내용은 너무나 귀한 과일이라 한 조각 남김없이 다 먹었다는 것이 전부다. 당시의 궁핍상을 아주 상징적으로 그린 동시로 볼 수 있다.

　　우리 집에는
　　닭도 없단다.
　　다만
　　애기가 젖 달라 울어서
　　새벽이 된다.

　　우리 집에는
　　시계도 없단다.
　　다만
　　애기가 젖 달라 보채어
　　새벽이 된다.

　　　　　　　　　　　　　　―「애기의 새벽」 전문

이 동시에서 주목해야 할 대목은 "닭도 없단다."이다. 시골에서는 대개 집집이 개나 닭 정도는 키우는데 이 집에는 시계가 없는 것은 물론이거니와 닭도 키우지 않고 있다. 아니, 키우지 못하고 있다. 절대적인 빈곤의 현장인 것이다. 배고픈 애기가 울어 새벽이 온 것을 알았다는 것은 어떤 목가적이거나 낭만적인 전원 풍경을 그리기 위해서가 아니다. 윤동주가 인식한 조선의 시골 풍경은, 닭 몇 마리도 키우지 못하는 가난한 집들이 많다는 비극적 상황 인식의 결과다. 제목 자체가 「무얼 먹구 사나」인 동시도 있다.

바닷가 사람,
물고기 잡아 먹구 살구,

산골의 사람
감자 구워 먹구 살구.

별나라 사람
무얼 먹구 사나.

—「무얼 먹구 사나」 전문

동시의 화자는 밤하늘의 별을 보며 저 별에 사는 사람은 무엇을 먹고 사는가 생각해 보고 있다. 별나라 사람이 무엇을 먹는지가 궁금하다니, 어린이다운 발상이요 상상력이다. 먹는 일을 줄곧 생각한다는 것은, 먹을 것이 부족하기에 거기에 생각이 붙들려 있는 상태를 뜻한다. 바닷가에 사는 사람은 당연히 물고기를 잡아먹을 것이고 산골에서는 당연히 감자를 구워 먹을 것이다. 여기서 화자는 '그럼 우리는?' 하고 질문을 하지 않는다. 먹을 것이 늘 부족하지만 그것은 마땅히 없고……. 기껏해야 옥수수, 수수, 조 같은 것이어서 저 별나라의 사람들은 어떤 맛있는 것을 배불리 먹으며 살아갈까 하는 궁금증이 이런 동시를 쓰게 한 것이 아닐까.

불 꺼진 화독을
안고 도는 겨울밤은 깊었다.

재만 남은 가슴이
문풍지 소리에 떤다.
　　　　　　　　　　　　　　　ー「가슴 3」 전문

화독은 화로나 화덕을 달리 쓰는 말일 테니 불 꺼진 화독은 '추위'를 상징한다. 화독에 의지해 추운 겨울밤을 견뎌야 하는데, 겨울밤이 밝으려면 아직 한참이나 있어야 하는데 화독은 꺼졌고, 문풍지 바람 소리는 추위를 더욱더 가중시킨다. 이 동시가 말해 주는 것은 한마디로 가난한 현실이다. 화독에 불이 꺼져도 다시 불을 지필 땔감이 없으므로 그대로 떨면서 해가 뜨기를 기다릴 수밖에 없는 아주아주 가난한 집이다.

누나의 얼굴은
해바라기 얼굴
해가 금방 뜨자
일터에 간다.

해바라기 얼굴은
누나의 얼굴
얼굴이 숙어들어
집으로 온다.

— 「해바라기 얼굴」 전문

비록 동시이기는 하지만 현실에 대한 비판 의식을 지닌 작품이다. 일터는 밭일 수도 공장일 수도 있겠는데 어쨌거나 누나는 지칠 대로 지쳐서 고개를 푹 숙이고 집으로 돌아온다. 해 뜰 무렵에 나가서 기진맥진해서 귀가하는 것으로 보아 아무래도 공장에 나가는 누나를 그린 듯하다.

아이는 논리적인 사고를 하기보다는 얼토당토않은 생각을 하고 엉뚱한 일에 집착하는 경향이 있다. 현실 인식이 약한 탓에 환상이나 거짓을 진실로 믿기도 한다. 그래서 아이인 것인데, 윤동주는 이런 것을 놓치지 않고 동시의 소재로 삼고는 했다.

왜 떡이 씁은데도
자꾸 달라고 하오

—「할아버지」 전문

다양하게 해석해 볼 수 있는 동시다. 아이가 맛을 본 바로는 분명히 떡이 쓴데 할아버지가 자꾸 달라고 하니 이상한 일이다. 할아버지가 미각을 잃어버려 맛을 제대로 구분하지 못하게 된 것일까? 치매 환자인 양 정신 줄을 놓은

것인가? 아이를 놀리고 있는 것인가? 쓴맛인데도 개의치
않고 잡숫겠다는 것인가? 할아버지가 비정상이고 아이가
정상인가? 아니면 그 반대인가? 동시이지만 인생 '쓴맛'의
의미를 모르는 시적 화자를 등장시켜 할아버지의 간난신
고를 환기하는 시편이 아닌가 한다. 쓴 떡밖에 없는 현실
과 그것이라도 먹어야 연명하는 현실, 그리고 할아버지의
고달픈 삶을 다 이해하지 못하는 아이를 대비시킨다. 해석
의 여지가 많은 작품이며, 의문이 꼬리에 꼬리를 물고 이
어지는 동시다.

붉은 이마에 싸늘한 달이 서리어
아우의 얼굴은 슬픈 그림이다.

발걸음에 멈추어
살그머니 앳된 손을 잡으며
"너는 자라 무엇이 되려니"

"사람이 되지"
아우의 설운 진정코 설운 대답이다.

슬며—시 잡았던 손을 놓고
아우의 얼굴을 다시 들여다본다.

싸늘한 달이 붉은 이마에 젖어
아우의 얼굴은 슬픈 그림이다.
—「아우의 인상화」 전문

　형제가 얘기를 나누고 있다. 형이 아우에게 나중에 커서 무엇이 되고 싶으냐고 물어보니까 아우가 "사람이 되지"라고 답한다. 그 답은 형이 들건대 "설운 진정코 설운 대답"이다. 게다가 열이 있는지 두통이 있는지 아우의 표정이 여간 어둡지 않다. 게다가 대답까지 엉뚱하다. 왜 사람이 되겠다고 대답했을까? 아무래도 이 동시를 쓴 시대가 일제 강점기였음을 떠올리지 않을 수 없다. 식민지 치하에 태어나 사람이 된다는 것이, 사람으로 살아간다는 것이 그 무엇보다 어려운 것임을 절감한 윤동주이기에 설운 대답이라고 느꼈을 것이고, 이런 작품을 『소년(少年)』에 발표했을 것이다. 윤동주의 동시는 대체로 슬프다. 하지만 그렇지 않은 것도 있다.

넣을 것 없어,
걱정이던,
호주머니는,

겨울만 되면
주먹 두 개 갑북갑북.

—「호주머니」 전문

갑북갑북은 가뜩가뜩의 평안북도 사투리다. 봄, 여름, 가을에는 호주머니에 손을 넣고 다닐 일이 없지만 겨울에는 날이 추워지니까 손을 넣고 다니게 된다는 것이다. 여기에서 윤동주는 주머니에 넣을 것이 빈주먹밖에 없는 현실을 환기하면서 궁핍한 현실을 나타내는 것을 잊지 않는다. 겨울이 되어 먹을 것이 점점 줄어들면 그 주머니를 주먹이 가득 채워 따뜻하게 덥혀 준다. 아이들의 평이한 일상생활에서 소재를 가져오는 이런 동시도 있고, 위트가 넘치는 아래와 같은 동시도 있다.

똑, 똑, 똑,

문 좀 열어주세요.
하룻밤 자고 갑시다.
　　밤은 깊고 날은 추운데,
　　거, 누굴까?
문 열어주고 보니,
검둥이의 꼬리가,
거짓뿌리 한걸.

꼬끼오, 꼬끼오,
닭 알 낳았다.
간난아! 어서 집어가거라
　　간난이 뛰어가 보니,
　　닭 알은 무슨 닭 알.
고놈의 암탉이
대낮에 새빨간
거짓뿌리 한걸.

　　　　　　　　　　　—「거짓뿌리」전문

거짓뿌리는 거짓부리를 소리 나는 대로 적은 것인 듯하다.

날도 추운데 밤 깊은 시각에 누가 문을 두드려 나가 보니 나그네가 아니라 개였다는 것이 제1연의 내용이다. 닭이 알을 낳으면 대낮에도 우는데, 어느 날 대낮에 꼬끼오, 꼬끼오 울기에 엄마가 간난이에게 달걀을 가져오라고 심부름을 시킨다. 간난이가 가 보았더니 암탉은 그냥 한번 울어 본 것이었을 뿐이고, 아이는 허탕을 친 것이었다. 이런 식의 재미있는 동시는 30편 중 몇 편 되지 않는다. 그중에서도 「만돌이」에는 놀기 좋아하는 아이의 심리가 재미있게 그려져 있다.

만돌이가 학교에서 돌아오다가
전봇대 있는 데서
돌재기 다섯 개를 주었습니다.

전봇대를 겨누고
돌 첫 개를 뿌렸습니다.
― 딱 ―
두 개째 뿌렸습니다.
― 아뿔싸 ―
세 개째 뿌렸습니다.

— 딱 —

네 개째 뿌렸습니다.

— 아뿔싸 —

다섯 개째 뿌렸습니다.

— 딱 —

—「만돌이」 전반부

　돌재기, 즉 자갈을 주워 전봇대를 겨누어 던진 만돌이
는 다섯 개 중 세 개를 맞힌다. 성공률 60%다. 시험 전날
인데 이렇게 운수 보기를 하고는 이 정도면 되겠다고 생
각하고 '제날치기'도 하지 않고 마냥 놀아 버린다. 노는
것이 당연히 재미있는 만돌이는 이렇게 자신과 타협을
한 것인데, 화자는 독자에게 묻는다. 만돌이는 과연 어떻
게 되었을까요? 하고.

　다섯 개에 세 개……

　그만하면 되었다.

　내일 시험,

　다섯 문제에, 세 문제만 하면—

손꼽아 구구를 하여봐도
허양 육십 점이다.

볼 거 있나 공 차러 가자.

그 이튿날 만돌이는
꼼짝 못하고 선생님한테
흰 종이를 바쳤을까요.
　그렇잖으면 정말
　육십 점을 맞았을까요.

　　　　　　　　　　　ㅡ「만돌이」 후반부

　"허양"은 ① 거침없이 그냥, ② 남는 것 없이 깡그리, ③
맥없이 그냥 또는 곧바로 손쉽게의 뜻을 갖고 있는 북한 사
투리인데 여기서는 '손쉽게'의 뜻으로 보면 되겠다. 이 동시
의 재미는 만돌이가 자신과 타협을 하는 제3연과 과연 다음
날 0점을 맞았는지 본인의 예상대로 60점을 맞았는지 독자
에게 생각해 보라고 맡기는 마지막 연에 있다. 그런데 이런
재미있는 동시는 윤동주의 작품 중에서는 예외적이다.

이상 살펴본 동시들은 주제가 대체로 분명하다고 할 수 있다. 하지만 그렇지 않은 동시들, 예컨대 아이들의 생각과 소망, 놀이와 일상사에 대한 섬세한 관찰 기록도 상당수 된다. 「반딧불」, 「둘 다」, 「눈 1」, 「눈 2」, 「참새」, 「굴뚝」, 「버선본」, 「빗자루」, 「눈 감고 간다」, 「햇비」, 「밤」, 「아침」, 「개」, 「비행기」, 「나무」, 「닭 2」, 「봄 2」, 「산울림」, 「귀뚜라미와 나와」, 「햇빛·바람」, 「겨울」, 「병아리」 등 20여 편 가운데 몇 편의 동시를 살펴본다.

아씨처럼 내린다
보슬보슬 햇비
맞아주자 다같이
―옥수숫대처럼 크게
　닷자엿자 자라게
　햇님이 웃는다
　나보고 웃는다.

하늘 다리 놓였다
알롱알롱 무지개

노래하자 즐겁게
—동무들아 이리 오아
다 같이 춤을 추자
햇님이 웃는다
즐거워 웃는다.

—「햇비」 전문

'햇비'는 국어사전에 나오지 않는 낱말이다. 여우비의 북한
말이 '해비'이므로 "보슬보슬 햇비"를 "보슬보슬 여우비'로 이
해하면 될 듯하다. 이 동시는 슬픔과 아픔이 흠씬 배어 있는
앞서 예로 든 동시와 달리 아주 밝다. 비가 와 옥수수가 자라
니 좋고, 비가 그친 뒤에는 무지개가 뜨니 즐거워 친구들과 춤
을 춘다. 그걸 보고 햇님도 즐거워 웃는다는 내용이다. 자연
속에서 뛰어노는 아이들을 그린 동시에는 「반딧불」도 있다.

가자 가자 가자
숲으로 가자
달조각을 주으러
숲으로 가자.

그믐밤 반딧불은
부서진 달조각,

가자 가자 가자
숲으로 가자
달조각을 주으러
숲으로 가자.

—「반딧불」전문

　　그믐밤의 반딧불은 부서진 달조각이라는 것이 이 동시의 내용이다. 그런데 이 동시의 화자는 숲으로 가자면서 동무들을 불러내고 있다. 윤동주는 청년으로 성장해 있었으나 아이들에게 가장 큰 즐거움이 '노는 것'임을 잊지 않고 있었다. 아래 시를 보면 눈 내린 날을 좋아하는 것은 아이와 개가 다르지 않다.

눈 위에서
개가
꽃을 그리며

뛰오.

—「개」 전문

눈 위에 난 개 발자국을 꽃으로 본 아이의 시점에서 쓴
동시다. 어른들은 논리적으로 사고하고 이치를 따지지만
아이들은 생각이 엉뚱하고 비논리적이어서 상상이 곧 동시
가 된다.

나무가 춤을 추면
바람이 불고,
나무가 잠잠하면
바람도 자오.

—「나무」 전문

윤동주의 동시는 이렇게 아이들의 심리를 잘 파악하여
엉뚱한 생각으로 어른들의 굳어진 생각과 허를 찌른다. 어
른이라면 "바람이 부니까나무가 춤을 추고바람이 자니까.
나무도 자오."라고 썼을 텐데, 아이들은 이렇게 역발상을
자유롭게 펼쳐 나간다.

처마 밑에
시래기 다래미
바삭바삭
추워요.

길바닥에
말똥 동그라미
달랑달랑
얼어요.

―「겨울」 전문

다래미는 '두름'의 북녘 사투리다. 이 동시의 화자는 처마 밑에 바싹 마른 채 매달려 있는 시래기두름과 길바닥에 동그 랗게 얼어 있는 말똥을 보고 겨울이 왔음을 안다. "눈이새하 얗게 와서눈이새물새물하오.8"(「눈 2」), "눈 위에서개가꽃을 그리며뛰오."(「개」)처럼 어린이다운 재치 있는 생각에 초점

---

8 새물새물하오 : '눈이 부시어 어물거리다'라는 뜻임.

을 맞춘 시도 있다. 이런 식으로 윤동주의 동시는 그 당시 어린아이들의 정서와 눈높이에 맞춰 쓴 것이 많다. 대체로 본인의 어린 시절에 보고 듣고 느꼈던 것을 회상하며 쓴 것들인데, 내용이 아주 쉽고 단순·소박하여 윤동주가 그린 일종의 '어린이 정경'으로 볼 수 있다.

集詩溶芝鄭

『정지용시집』 표지.

소학교 졸업식 사진. 두 번째 줄 제일 오른쪽 첫 번째가 윤동주.

평양시 모란봉의 옛 모습.

5 시에 세 번 나오는 순이는 누굴까?

　동주의 시에는 '순(順)' '순이(順伊)'라는 여성의 이름이 세 번이나 등장한다. 동주와 사랑을 나눈 여성이 있었을까? 이는 많은 이들의 궁금증을 자아내는 일이 아닐 수 없다. 대체 순이가 누굴까? 자신이 짝사랑했던 이의 이름을 스스로 친구들 앞에서 밝힐 수 없어서 이렇게 남몰래 애칭을 하나 지어 그녀를 생각하면서, 그리워하면서 시를 쓴 것이 아닐까?

　강처중은 연희전문학교를 같이 다닌 동기생이었다고 앞에서 말했었다. 광복 이후에 그는 유고가 된 노트에 실려 있는 시와 그때까지 모은 동주의 시를 정음사에 들고 가서 시집을 내는 일에 앞장섰는데, 그가 쓴 발문에 이런 말이 나온다.

　그는 한 여성을 사랑하였다. 그러나 이 사랑을 그 여성에게도 친구들에게도 끝내 고백하지 안 했다. 그 여성도 모르는 친구들도 모르는 사랑을 회답도 없고 돌아오지 않는 사랑을 제 홀로 간직한 채 고민도 하면서 희망도 하면서—. 쑥스럽다 할까? 그러나 이제 와 고쳐 생각하니 이것은 하나의 여성에 대한 사랑이 아니라 이루어지지 않을 「또 다른 고향」에 대한 꿈이 아니었던가. 어쨌든 친구들에게 이것만은 힘써 감추었다.[9]

잘 읽어 보면 연희전문 시절에 짝사랑했던 여성이 있었는데 다른 사람들은 모르지만 자기는 그 사람이 누구인지 알고 있다는 것이다. 끝내 고백하지 않고 혼자 가슴앓이를 한 대상이 있었다고 했지만 이 글은 이렇게 두루뭉술하게 썼기 때문에 그 속사정을 제대로 알 수가 없다. 그러나 후배 정병욱은 조금 더 구체적으로 그녀에 대해 이야기하고 있다. "그녀에 대한 감정이 결코 평범하지 않다는 것만은 피부로 느낄 수 있었다."고 했으니, 윤동주의 마음속에 어떤 여성이 있기는 있었던 모양이다.

9 윤동주, 『하늘과 바람과 별과 詩』 증보판, 정음사, 1955, 244쪽.

북아현동에는 동주 형의 아버님 친구로서 전에 교사를
하다가 전직을 하여 실업계에 투신하고 있는 지사 한 분
이 살고 계셨다. 동주 형은 그분을 매우 존경했고 가끔
그분 댁을 찾기도 했었다. 그런데 그분의 따님이 이화여
전 문과의 같은 졸업반이었고, 줄곧 협성교회와 케이블
목사 부인이 지도하는 바이블 클라스에도 같이 참석하고
있었다. 동주 형은 물론 나이 어린 나에게 그 여자에 대
한 심정을 토로한 적은 없었다. 그러나 그 여자에 대한
감정이 결코 평범하지 않다는 것만은 피부로 느낄 수 있
었다. (중략) 내가 아는 한으로는 동주 형과 그 여학생이
밖에서 만난 일은 없었다. 매일 같은 역에서 차를 기다렸
고 같은 차로 통학했으며, 교회와 바이블 클라스에서 서
로 건너다보는 정도에서 그쳤지마는 오가는 눈길에서 서
로 마음만은 주고받았는지 모를 일이라고 하겠다.10

　　조금은 상세하게 그녀에 대한 이야기를 해 주고 있지만

---

10 정병욱, 「잊지 못할 윤동주의 일들」, 『나라사랑』 제23집, 1976, 188쪽.

구체적인 교제는 없었다고 보아야 한다. 동주가 마음에 담아 둔 사람이 있기는 했지만 "오가는 눈길에서 서로 마음만은 주고받았는지"도 "모를 일"이라고 했으니, 추측일 뿐이다. 그런데 중학교 3년 후배요 연희전문의 후배이기도 한 장덕순은 보다 구체적인 사례를 증언하고 있다. 그는 동주가 방학 때 용정에 오면 교회에서 함께 어린이 성경 학교를 지도했다고 한다. 그때 나눈 대화 가운데 동주가 해란강가를 이화여전에 재학 중인 여학생과 거닐었다고 말했다는 것이다. 서울 생활을 하면서 만나게 된 두 사람이 고향에 대해 이야기를 나누면서 고향의 강 '해란강'에 대해 장덕순이 "강기슭엔 돌 하나 없고 강물은 흐리고 돛단배 한 척 떠 있지 않은 삭막한 그 해란강이 무엇이 좋아요?" 하며 부정적으로 이야기하자 동주는 "용정의 해란강가는 산책 코스로서는 좋았어!"라고 말했다는 것이다.

해란강의 이름은 아름답다. 그러나 이름처럼 아름답지 못한 강이다. 동주가 좋아하는 이유는 그가 시인이었기에 그 마음속으로 이미 승화시켜 놓았기 때문이라고 생각한다. 그리고 방학 때 용정에 오면 나와 함께 종종 이

강기슭을 산책도 했으나, 그는 당시 이화여전에 재학 중인 여학생과도 거닐었던 것으로 기억한다. 오히려 여학생과 거닐던 추억이 동주로 하여금 해란강을 미화시켰던 것이리라.[11]

이외에, 윤동주의 연애에 대한 증언을 여섯 살 아래 누이동생 윤혜원 씨가 한 바 있다. 송우혜의 『윤동주 평전』을 참고하여 연애담을 정리한다.

도쿄에 있는 릿쿄(立敎)대학을 한 학기 다니고 맞이한 방학 때 집에 온 동주는 엽서 반 정도 크기의 사진 한 장을 누이에게 내민다.

"혜원아, 이 사진의 이 사람 어떻게 보이니?"

사진 속에는 한 여자가 앉아 있고 뒤에 두 남자가 서 있었다. 뒤의 두 남자는 모두 동주의 친구로 한 사람은 그녀의 오빠다.

11 장덕순, 「간도 이야기」, 『암행어사의 회포』, 우석, 1981, 153쪽.

"참한데. 근데 이 사람이 누구야?"

함북 온성에 있는 박 목사의 막내딸로 동경에서 자기 막내 오빠와 함께 자취하면서 성악을 공부하고 있다는 것이다. 윤동주는 친구의 여동생인 이 여성의 사진을 간직하고 있었으므로 관심이 꽤 있었던 듯하다. 동주의 집안에서는 수소문하여 온성의 박 목사라는 이의 집안 환경을 알아보았고, 두 사람이 잘되기를 기원하는 분위기가 조성되었다.

그런데 방학을 마치고 일본으로 간 동주가 누이에게 보낸 편지에는 뜻밖의 소식이 적혀 있었다. 자기처럼 방학 때 고국에 다녀온 박춘혜라는 그 사진 속의 여성이 약혼을 하고 왔다는 얘기를 그녀의 오빠한테서 들었다는 내용이 편지에 적혀 있었다. 집에 두고 온 그 사진도 없애 버리라는 내용과 함께. 윤동주는 막연히 갖고 있던 호감마저 거둬들였고 그 외에 진행된 로맨스는 없는 듯하다.

훗날 윤혜원 씨가 알게 된 사실이 있다. 박춘혜 씨는 결국 그때 약혼한 사람과 결혼을 했는데 그 사람은 법학을 전공하였고 나중에 법관이 되었다고 한다. 박춘혜 씨의 후일담은 송희복 교수가 윤동주에 대해 쓴 책에 나와 있다. 부

산 부경대학교 남송우 교수가 부산에서 건축업을 하던 동
주의 매제 오형범을 만났더니 이런 이야기를 해 주더라는
것이다.

> 우리 부부가 1947년에 남쪽으로 내려오던 중 청진에
> 머물다가 윤동주의 일본 유학생 친구들인 박춘애와 김윤
> 립을 만났는데, 그들이 윤동주가 후쿠오카 감옥에서 보
> 낸 엽서를 갖고 있었죠. 그런데 해방 공간의 혼란이라서
> 다시 만날 수 없었죠. 그때 그 시를 전해 받았다면 그게
> 마지막 작품이 됐을 텐데⋯⋯.12

송희복 교수는 윤혜원 부부가 청진에서 만난 '박춘애'가
바로 '박춘혜'이고 김윤립은 그녀의 남편일 것이라고 추정
한다. 송 교수는 윤동주가 후쿠오카 감옥에서도 박춘혜에
게 시를 써 보냈다는 것은 매우 흥미로운 증언이며 앞으로
이 문제는 섬세한 추론이 뒤따라야 한다고 보았다.

---

12 송희복, 『윤동주를 위한 강의록』, 글과마음, 2019, 94쪽.

이 모든 사람의 증언을 종합해 보더라도 그럴듯한 로맨스가 있었던 것 같지는 않다. 청춘남녀가 강가를 같이 거닐 수도 있고 관심을 가질 수도 있고 연모할 수도 있다. 그렇지만 윤동주의 '연인'이라고 할 만한 사람이 있었다고는 보이지 않는다. 윤동주의 편지를 갖고 있는 여성은 지금까지 나타난 적이 없고, 친구들 가운데서도 아무개 양은 윤동주가 연모했던 사람이라며 그 이름을 밝힌 이도 없다.

아홉 살 때 명동소학교에 입학한 이래 스물아홉 살에 일본 후쿠오카〔福岡〕형무소에서 생을 마칠 때까지 윤동주는 줄곧 학생이었고, 대부분을 타지에서 공부하면서 보냈다. 명동소학교 → 화룡현립제일소학교 → 은진중학교 → 평양 숭실중학교 → 용정 광명학원 중학부 → 연희전문 문과 → 도쿄 릿쿄대학 영문과 → 교토 도시샤대학 영문과를 다녔으니 소학교 시절과 은진중학교 시절, 광명학원 중학부를 다닐 때를 제외하고는 고향을 떠나 있었다.

길림성 용정에 사는 동주의 부모는 이주 초기에는 살림이 넉넉하여 독립군 군자금을 대기도 했지만 가세가 차츰 기울어 동주의 유학비를 대는 것이 점점 힘들어졌다. 이런 사정을 잘 아는 동주에게 연애란 것은 '사치'이고 '호사'였다. 아무리 1930~1940년대라고 하지만 그 시절에도 이성과의 사랑이 편지로만 이루어질 수는 없는 법이다. 만나서 차도 마시고 식사도 하려면, 영화도 보고 근교에라도 나가려면 얼마쯤의 돈이 필요했을 것이다. "땀내와 사랑내 포근히 품긴/보내주신 학비봉투를 받아"(「쉽게 씌어진 시」) 살아가던 동주였을 테니 연애는 자신이 누릴 호사가 아니라고 생각했을 것이다. 이렇게 경제적인 이유도 있었겠지만 성격상, 또는 당시 암울한 시대상으로 말미암아서인지 윤동주의 연애는 제대로 밝혀진 것이 없다. 그럼에도 불구하고 윤동주가 왜 순(順) 혹은 순이(順伊)라는 이름이 나오는 시를 세 편이나 썼을까라는 의문은 좀처럼 사라지지 않는다.

순아 너는 내 전(殿)에 언제 들어왔든 것이냐?
내사 언제 네 전에 들어갔든 것이냐?

우리들의 전당은
고풍한 풍습이 어린 사랑의 전당

순아 암사슴처럼 수정눈을 나려감어라.
난 사자처럼 엉클린 머리를 고루련다.

우리들의 사랑은 한낱 벙어리였다.

성스런 촛대에 열한 불이 꺼지기 전
순아 너는 앞문으로 내달려라.

어둠과 바람이 우리 창에 부닥치기 전
나는 영원한 사랑을 안은 채
뒷문으로 멀리 사라지련다.

이제 네게는 삼림 속의 아늑한 호수가 있고
내게는 험준한 산맥이 있다.

─「사랑의 전당」전문

　이 시는 1938년 6월 19일에 쓴 것이다. 그해 4월 9일에
연희전문 문과에 입학한 윤동주가 서울 생활을 시작한 지
두 달쯤 지났을 때다. 윤동주의 어느 시보다도 이 시는 에

로틱한 요소가 있다. 특히 제3연과 제5연에서는 화자가 남녀 간의 사랑을 꿈꾸고 있는 것처럼 여겨지기도 한다. 하지만 "우리들의 사랑은 한낱 벙어리였다"는 구절은 벙어리 냉가슴 앓듯 하는 사랑이었음을 말해 준다. 먼발치에서 바라보며 가슴으로만 앓는 사랑이었던 것이다. 그런 짝사랑마저 이별의 순간이 와 "나는 영원한 사랑을 안은 채/뒷문으로 멀리 사라지려"고 한다.

윤동주 개인사로 국한시켜 생각해 보면 이 시 속의 정황은 서울 유학을 앞두고 고향 용정이나 출생지 명동촌에 있는 이성 친구와의 이별을 안타까워하는 것으로 볼 수 있다. 문제는 마지막 연이다. "이제 네게는 삼림 속의 아늑한 호수가 있고/내게는 험준한 산맥이 있다"고 한 것은 앞으로 자신 앞에 닥칠 미래에 대한 각오를 밝힌 부분이다.

이 시를 쓴 윤동주의 마음은 아마도 이런 것이 아니었을까. 이성과의 사랑에 집착할 만큼 나는 한가롭지 않다, 순이 너는 마음 편히 고향에 있으려무나, 나는 조국 광복의 그날이 오기까지 일단은 실력을 쌓아 나갈 것이다, 어떤 험한 일이 닥쳐도 이겨 나가리라…….

이런 결심을 한 끝에 서울 생활을 시작한 윤동주였다. 비록 국내에서 독립운동을 드러나게 하지는 않았지만 윤동주의 조국애와 민족애, 그리고 민족의 독립과 광복을 바라는 마음을 담은 마지막 연이라 할 수 있다.

여기저기서 단풍잎 같은 슬픈 가을이 뚝뚝 떨어진다. 단풍잎 떨어져 나온 자리마다 봄을 마련해 놓고 나뭇가지 위에 하늘이 펼쳐 있다. 가만히 하늘을 들여다보려면 눈섭에 파란 물감이 든다. 두 손으로 따뜻한 볼을 쓸어보면 손바닥에도 파란 물감이 묻어난다. 다시 손바닥을 들여다본다. 손금에는 맑은 강물이 흐르고, 강물 속에는 사랑처럼 슬픈 얼굴—아름다운 순이의 얼굴이 어린다. 소년은 황홀히 눈을 감아본다. 그래도 맑은 강물은 흘러 사랑처럼 슬픈 얼굴—아름다운 순이의 얼굴은 어린다.

—「소년」 전문

사춘기 소년인 화자가 순이라는 소녀를 그리워하고 있다. 깊어 가는 어느 가을날 손바닥을 보니 "손금에는 맑은 강물이 흐르고, 강물 속에는 사랑처럼 슬픈 얼굴"이 보인다. 바로 순이의 얼굴이다. 많은 사람들이 그렇듯 화자도 손금에 운명이 나타나 있다고 믿는다. 두 사람은 운명적으로 사랑을 이룰 수 없는 사이인 것이다. 그래서 윤동주는 소년이 그리워하는 순이가 "사랑처럼 슬픈 얼굴"이라고 표현한 것이 아닐까. 서로 어긋나기만 하는 운명은 두 사람이 멀리 떨어져 있어 만나 볼 수 없는 것으로도 나타난다.

그러나 여기서 한 걸음 더 나아가 추정 가능한 것 중 하나는, 순이가 어떤 불행한 처지에 놓여 있었을 수도 있다는 가정이다. 윤동주가 이 시를 쓴 때는 1939년, 그의 나이 스물세 살이었다. 1939년은 어떤 해인가?

윤동주 개인적으로는 연희전문 문과 2학년 때였다. 기숙사를 나온 그는 이 해부터는 북아현동과 서소문 등지에서 하숙을 하며 학교에 다녔다. 학생 신분으로서 겉으로는 무사히 학교를 다니고 있었던 것 같지만 국내외의 실상은 그렇지 않았다.

1937년에 발발한 중일전쟁에서 승리한 일본은 그해 12월에 남경을 점령하였고, 이듬해에 서주(徐州)와 무한(武漢), 삼진(三鎭)을 점령하여 중국의 팔과 다리를 꺾었다. 1939년 9월 1일에 독일군이 폴란드를 침공함으로써 제2차 세계대전이 발발하였다.

국내 상황은 군국주의 강압 통치가 점점 더 심해져 서민들의 생활은 나날이 피폐해져 갔다. 일본은 한반도 전체를 군사기지로 만드는 정책을 폈고 수십만 조선인들을 전쟁터에 끌고 갔다. '징병'으로 이름으로 전쟁터로, '징용'이란 이름으로 군수공장과 탄광으로 끌고 갔다.

1938년에 조선교육령이 개정되어 중학교에서 조선어 교육과 사용이 사실상 금지되었다. 1939년은 창씨개명령과 국민징용령이 공포된 해이다. 온 국민이 자신의 성을 바꾸는 끔찍한 일이 시작된 것이다. 특히 그해 10월부터는 먼 나라의 탄광과 공장으로, 비행장과 벌목장으로 조선인을 강제로 연행해 가기 시작했다. 심지어는 길 가던 사람을 군훈련소로 끌고 가 전선에 투입함으로써 전국적으로 행방불명자가 엄청나게 생겨났다.

총독부는 11월에 〈조선일보〉와 〈동아일보〉의 자진 폐간을 요구했는데 실은 강제 폐간이었다. 이런 국내외 상황에서 윤동주가 이성과의 사랑을 꿈꾸며 「소년」을 썼다고 생각되지는 않는다. 만남조차 이루어지지 않았기에 손금을 통해서 본 '슬픈 얼굴'에서 소년은 순이와의 사이에서 어떤 장벽 같은 현실을 체감했을지도 모른다.

일본은 그 얼마 전, 중일전쟁으로 전선이 확대되고 전쟁이 장기화되면서 늘어나는 여성에 대한 강간과 성병 감염을 막고 군의 사기를 진작한다는 명목 아래 '군 위안부' 제도를 만들었다. 일본군이 군 위안소를 만든 시기는 1932년경이며 본격적으로 설치한 것은 중일전쟁이 일어난 1937년 말부터이다.

윤동주가 「소년」에서 그린 '슬픈 얼굴'의 소유자가 어떤 가혹한 운명 때문에 생이별을 하고 만 존재를 '순이'라는 이름으로 불러 본 것임을 알 수 있다. 즉, 윤동주는 계절이 바뀌어도 만날 수 없는 조선의 어떤 여성에 대한 아프고 안타까운 그리움을 이 한 편의 시에 담아 노래했던 것이다.

순이가 떠난다는 아침에 말 못할 마음으로 함박눈이 내려, 슬픈 것처럼 창 밖에 아득히 깔린 지도 위에 덮인다. 방 안을 돌아다보아야 아무도 없다. 벽과 천정이 하얗다. 방 안에까지 눈이 내리는 것일까, 정말 너는 잃어버린 력사처럼 홀홀이 가는 것이냐, 떠나기 전에 일러둘 말이 있던 것을 편지를 써서도 네가 가는 곳을 몰라 어느 거리, 어느 마을, 어느 지붕 밑, 너는 내 마음속에만 남아 있는 것이냐, 네 조그만 발자국을 눈이 자꾸 내려덮여 따라갈 수도 없다. 눈이 녹으면 남은 발자국 자리마다 꽃이 피리니 꽃 사이로 발자국을 찾아 나서면 1년 열두 달 하냥 내 마음에는 눈이 내리리라.

— 「눈 오는 지도」 전문

「소년」에서는 소년이 순이를 만나지도 못한 채 슬픈 얼굴을 떠올리며 그리워하고만 있는데 이 시에서는 화자와 순이가 이별의 순간을 맞는다. 떠나는 이는 화자가 아니라 순이다. 때는 함박눈이 내리는 아침이다. 순이가 어디서 어디로 가는지는 알 수 없다. "정말 너는 잃어버린 역사처럼 홀홀이 가는 것이냐"라고 한 것으로 보아 단순한 이별이 아니다. 역사의 회오리바람에 휩쓸려 가는 것이어서 영영 만날 수 없는 이별이며, "편지를 써서도 네가 가는 곳을 몰라 어느 거리, 어느 마을, 어느 지붕 밑, 너는 내 마음속에만 남아 있는 것"이므로 소식을 전할 수도 없다.

이 시는 1941년 3월 12일에 쓴 것이다. 일본은 1938년 조선어를 선택과목으로 지정하고 1940년에 모든 교육 관련 기관과 공직 사회에서 일본어 전용을 권장한다. 1943년에는 모든 학교에서 조선어 교육을 전면 폐지한다. 이런 와중에 시를 쓰면서 동주가 연애 감정을 담아 순이를 외쳐 불렀다? 그렇게 생각되지 않는다.

일제는 1941년이 되자 그 당시의 대표적인 문예지 『문장』과 『인문평론』과 대중잡지 『신세기』를 지목, 통폐합하여 절반은 한글로 절반은 일어로 찍으라고 강요했다. 이에 대해 『문장』과 『신세기』는 자진 폐간을 선언했고 『인문평론』의 주간 최재서는 제호를 바꿀 테니 계속 낼 수 있게 해달라고 총독부에 간청하여 나온 것이 『국민문학』이다. 『국민문학』은 친일 잡지로 완전히 돌아선다. 국권과 국토만 잃은 것이 아니라 모국어를 송두리째 잃은 시점에 쓴 시임을 감안하면 이 시에서의 이별이 연인 간의 일시적인 헤어짐에 그치지 않는다는 것을 알 수 있다.

이상 3편의 시에 '순' 혹은 '순이'라는 여성의 이름이 나온다고 해서 이 시를 연애시로 간주해서는 곤란하다. 그리고 이성에 대한 약간의 관심 정도를 로맨스가 확실히 있었다고 넘겨짚는 것도 무리라고 여겨진다. 3편 시 모두에 우리 민족이 처해 있던 식민지 현실이 조금씩, 은유적으로 나타나 있었다. 본인은 동년배의 청년들이 징병과 징용으로 끌려가 고초를 겪을 때 연희전문학교에 다니고 있었고, 1942년 3월에는 일본 유학길을 떠나게 되지만 마음속으로는 항상 조국이 처한 암울한 현실을 잊지 않고 있었음을 증명해 주는 시가 바로 '순이'가 등장하는 세 편의 시다.

도시샤대학 교정에 세워진 정지용 시비.

도시샤대학 교정에 세워진 윤동주 시비 앞에서 필자.

북아현동 하숙집 앞에 표지가 붙어 있다.

6. 정지용 시인과 만나다

정지용은 1902년 5월 15일생이고 윤동주는 1917년 12월 30일생이다. 나이는 비록 열다섯 살밖에 차이가 나지 않지만 정지용은 삼십 대인 1930년대에 이미 우리 시단의 대가였다. 그는 1935년에 『정지용 시집』을, 1941년에 『백록담』을 냄으로써 당대 최고의 시인으로 우러름을 받고 있었다.

정지용은 휘문고등보통학교를 나온 뒤 일본으로 건너가 교토에 있는 도시샤[同志社]대학에서 영문학을 전공하였다. 1926년 6월, 유학생 잡지인 『학조』에 시 「카페 · 프란스」 등을 발표함으로써 시인의 길로 들어섰다. 당시에는 등단 지면을 따지는 지금과 달리 작품을 발표하면서 문단 활동을 시작하는 경우가 많았다.

1929년 졸업 후 귀국하여 곧바로 모교인 휘문고보의 영어 교사로 재직하다가 『문장』 지의 선고 위원이 되어 청록파 3인(박목월 · 박두진 · 조지훈)을 등단시키는 등 문단의 대가로 군림하였다. 8 · 15광복과 함께 이화여자대학교 문학부 교수로 자리를 옮겼고, 천주교 재단에서 창간한 경향신문의 주간을 맡기도 했다.

윤동주는 정지용의 『정지용 시집』을 탐독하면서 존경해 마지않았다. 바로 이 시집에 시와 동시가 함께 실려 있는 것을 보고 시와 동시 쓰기를 병행한 것이 아닌가, 짐작이 간다. 정지용이 『카톨릭소년』의 편집 주간을 했으므로 이 잡지에 실린 윤동주의 동시를 봤을 수도 있다. 연희전문 학생으로서 훗날 목사가 된 라사행 씨는 다음과 같이 말한 바 있다.

1939년에는 동주가 기숙사를 나와서 북아현동에서 하숙을 했었어요. 그래서 그리로도 놀러 갔었지요. 그때의 일인데, 역시 북아현동에 살고 있던 시인 정지용 씨 댁에 동주가 가는데 같이 동행해서 갔던 일도 있습니다. 정지용 시인과 시에 관해 이야기를 주고받은 것으로 기억합니다.[13]

---

13 송우혜, 앞의 책, 199쪽.

영화 〈동주〉를 보면 바로 이 장면이 나온다. 정지용 시인 역을 맡은 배우는 문성근이었다. 정지용의 외모와 닮은 데라곤 없는 문성근이 이 배역을 맡은 이유가 윤동주의 친구 문익환의 아들이었기 때문이 아닐까.

아무튼 윤동주가 일본에서 죽고 광복이 된 후 연희전문의 친구였던 강처중이 시집 발간을 위해 동분서주하게 되는데, 그 과정에서 동주가 정지용 시인을 찾아뵈었던 지난 일이 화제가 된다. 강처중은 정지용 시인 댁을 찾아가 동주의 부음을 전하면서 시집의 서문을 써 줄 것을 부탁드린다.

"그때 선생님을 찾아뵈었던 인연도 있으니 꼭 서문을 써 주시길 부탁드립니다."

정지용은 9년 전의 일을 기억하지 못했던 것 같다. 그래도 서문을 흔쾌히 써 주겠다고 약속했다. 아래는 서문의 일부이다.

무수무시한 고독에서 죽었고나! 29세가 되도록 시도 발표하여 본 적도 없이!

일제시대에 날뛰던 부일문사(附日文士) 놈들의 글이 다시 보아 침을 배앝을 것뿐이나, 무명 윤동주가 부끄럽지 않고 슬프고 아름답기 한이 없는 시를 남기지 않았나?

시와 시인은 원래 이러한 것이다.

정지용 시인의 말대로 윤동주는 생애 내내 교지와 어린이 잡지 외에는 시를 발표한 적이 없는 무명이었다. 그렇지만 동주는 대학 노트에 깨알 같은 글씨로 시를 쓰면서 자신이 살던 시대를 직시한 시인이었다.

두 사람은 도시샤대학의 선후배로 입학 연도로 따지면 윤동주가 정지용의 19년 후배가 된다. 도시샤대학에 가 보면 두 시인의 시비가 있는데 윤동주의 것이 앞에 서 있고, 조금 뒤에 정지용의 시비가 있다. 대학교 선후배의 시비가 나란히 대학 교정에 서 있는 경우가 또 있을까. 그것도 딴 나라에서 온 유학생을 그 나라의 대학에서 시비 건립을 허락한 예는 어느 나라에도 없을 것이다. 한국의 대표적인 두 시인이 모두 도시샤대학에 다녔다는 것은 이 대학의 자랑이기도 했다. 일찍이 1912년에 공초 오상순 시인이 이 대학 종교철학과에 입학해 1917년에 졸업하였다. 오상순과 정지용은 졸업을 했고 윤동주는 투옥되는 바람에 졸업을 할 수 없었다.

7. 히라누마로 성을 고치다

시 「참회록」 탄생의 배경에는 윤동주가 자신의 성씨를 바꾼 슬픈 현실이 숨어 있다. 이 시를 공부할 때면 선생님은 창씨개명(創氏改名)에 대한 설명을 잊지 않았을 것이다.

파란 녹이 낀 구리거울 속에
내 얼굴이 남아 있는 것은
어느 왕조의 유물이기에
이다지도 욕될까.

나는 나의 참회의 글을 한 줄에 줄이자.
— 만 이십사 년 일개월을
무슨 기쁨을 바라 살아왔던가.

내일이나 모레나 그 어느 즐거운 날에
나는 또 한 줄의 참회록을 써야 한다.

— 그때 그 젊은 나이에
왜 그런 부끄런 고백을 했던가.

밤이면 밤마다 나의 거울을
손바닥으로 발바닥으로 닦아 보자.

그러면 어느 운석 밑으로 홀로 걸어가는
슬픈 사람의 뒷모양이
거울 속에 나타나 온다.

— 「참회록」 전문

조선총독부는 1939년 11월 조선민사령(朝鮮民事令)을 개정하여 창씨개명령을 만들어 1940년 2월부터 이를 시행하기로 했다. 그 내용의 골자는 조선인의 성명제(姓名制)를 폐지하고 성씨(姓氏)와 이름을 일본식으로 고쳐 신고하도록 한 것이었다. 이름은 반드시 고치지 않아도 되지만 성은 예외를 두지 않았다. 김, 이, 박…… 성을 일본식으로 고치게 하다니 끔찍한 일이었다. 가문이나 문중, 조상이나 족보를 따지지 말게 하여 일본에 완전히 복속시키려는 의도였다.

즉 우리 민족의 뿌리를 뽑겠다는 의도였다.

　대표적인 친일파 문인으로 간주되고 있는 이광수와 김동환이 앞장을 섰다. 이광수는 가야마 미쓰로[香山光郎]로, 김동환은 시로야마 아오키[白山靑樹]14로 창씨하고 개명했다. 김동인은 콘도 후미히토[金東文仁]로, 최재서는 이시다 고조[石田耕造]로 창씨개명한다. 일제는 조선인의 희망으로 이 법령을 실시하게 되었다고 대대적으로 선전했다. 창씨개명은 6개월 동안 창씨 계출(屆出) 신고를 하도록 되어 있었는데 3개월 동안의 계출 호수는 전국 가구 수의 7.6퍼센트에 불과했다. 일본의 녹봉(祿俸)을 받는 관료 계급이나 일본에 유학을 보낸 자식이 있는 집에서는 불이익이 있을까 봐 마지못해 신고를 했다. 그런데 지금도 한국에서는 우리가 자발적으로 창씨개명을 했다고 말하는 사람들이 있다. 일본의 주장에 동조해서 자발적으로 성씨를 고친 것은 우리의 사대사상 때문이라고 주장하는 내용이 유튜브에 여럿 올라 있다. 기가 막힌 일이다. 권력을 가진 자들이 '제임스

---

14 시로야마 아오키 : '시로야마 세이주'라는 주장도 있다. 훈독이냐 음독이냐의 차이에 따라.

스튜어트'를 '록 허드슨'으로 성과 이름을 바꾸라고 명령을
했다고 해서 얼씨구나 고쳤을 턱이 없는데 일본의 주장이
옳다고 믿는 사람들이 꽤 많다.

총독부는 법의 일부 수정, 이광수와 최남선 같은 유명인
의 이용, 권력 기구를 동원한 강제 등을 통해 마감인 8월까
지 창씨 비율을 79.3퍼센트까지 끌어올렸다. 그때 조선인
열에 여덟 명은 성씨를 고쳐 신고할 수밖에 없었으니 엄청
난 핍박을 가했던 것이다. 한편 창씨를 하지 않은 사람들에
게는 다음과 같은 불이익을 주었다.

① 자녀에 대해서는 각급 학교의 입학과 진학을 거부한다.
② 아동들을 이유 없이 질책, 구타하여 아동들의 애원으
　로 부모들의 창씨를 강제토록 한다.
③ 창씨하지 않은 자는 공사 기관에 채용하지 않으며 현
　직자도 점차 해고 조치를 취한다.
④ 창씨하지 않은 자는 행정기관에서 다루는 모든 민원
　사무를 취급할 수 없다.
⑤ 창씨하지 않은 자는 비국민·불령선인으로 단정하여
　경찰수첩에 기입, 사찰을 철저히 한다.

⑥ 우선적인 노무 징용 대상자로 지명한다.

⑦ 식량 및 물자의 배급 대상에서 제외한다.

⑧ 철도 수송 화물의 명패에 조선인의 이름이 씌어진 것은 취급하지 않는다.

이외에도 조선총독부는 창씨 비율을 높이기 위해 특단의 조처를 발표했다. 부산항에서 일본의 시모노세키로 가는 배를 타는 조선인은 남녀노소를 막론하고 무조건 도항증명서라는 것을 받아야 하는데 일본식으로 이름을 고치지 않으면 이것을 안 끊어 준다고 발표했다. 즉, 모든 유학생은 예외 없이 창씨개명을 해야만 했다. 일본 유학을 결심한 송몽규와 윤동주는 도항증명서를 떼기 위하여 창씨를 하지 않을 수 없었고, 학교에 가서 신고를 해야만 했다. 연희전문의 학적부에는 두 사람이 창씨한 이름을 제출한 날짜가 나와 있다. 창씨는 호주(戶主) 단위로 하게 되어 있어서 송씨와 윤씨가 성을 바꾸면 그 호적을 신고하여 학적부에 개명을 하게 된다. 윤동주와 송몽규도 어떤 경로로든 창씨한 호적을 제출하고 학적부를 수정했을 것이다.

윤동주 : 平沼東柱(히라누마 도오주)···1942년 1월 29일

송몽규 : 宋村夢奎(소무라 무게이)···1942년 2월 12일

이와 같이 두 사람 다 이름은 그대로 두고 성만 바꿨으므로 창씨개명을 한 것이 아니고 창씨를 한 것이었다. 그렇다면 일본은 왜 조선인의 성을 강제로 바꾸라고 했을까? 조상 대대로 써 온 성을 바꿀 경우 우리 국민이라면 그 누구나 깊은 좌절감과 절망감에 빠질 수밖에 없다. 창씨개명은 앞으로 전 민족이 노예처럼 일본에 무릎 꿇고 살 수밖에 없다고 체념하게끔 한 조치였다. 천년만년 일본의 지배를 받으며 살아갈 수밖에 없을 거라는 굴욕감을 심어 주는데 이것만큼 좋은 방법이 없었다. 생각해 보라. 일본의 대학에 가서 수업을 들을 때마다 교수가 출석을 부르는데 '히라누마 도오주' 하고 부르면 '하이!' 하고 큰 소리로 대답해야만 했다. 유학생들은 자신의 이름이 일본어로 불릴 때마다 굴욕감을 느꼈을 테고 일본인들은 이렇게 생각했을 것이다.

'너희들은 이제 성을 빼앗겼다. 너희 조상은 이제 사라진

거나 마찬가지다. 그러니 우리한테 영원히 복종할 수밖에 없다.'

시 「참회록」은 성을 바꾼 1월 29일에서 닷새 앞선 1월 24일에 쓴 것인데 시인의 고뇌가 절절히 배어 있다. 이 시의 여백에 써 놓은 글씨를 보라.

시인의 고백, 도항증명, 上級(상급), 힘, 생, 생존, 생활, 문학, 시란?, 不知道(부지도), 古鏡(고경)15, 비애 금물

정병욱이 간직하고 있는 시집 원고 여백에 이런 글자가 낙서로 남아 있는 것으로 보아 동주가 창씨에 대해 얼마나 심각하게 생각했는가를 알 수 있다. 유학을 가서도 매시간 출석부에 적혀 있는 그의 이름이 불릴 때마다 동주는 굴욕감에 치를 떨었을 것이다. 그때의 정황을 상상하면서 필자도 시 한 편을 써 보았다.

---

15 古鏡(고경) : 시 「참회록」에도 나오는 옛날 구리거울.

창씨는 해도 개명은 하지 않았다

히라누마 도오주〔平沼東柱〕

일본 본토에 가 공부한다는 것이 그다지 욕된 일이었
을까

성씨를 고쳐 신고한 날 1942년 1월 29일

그 닷새 전에 시를 썼지 「참회록」을

여백에 낙서할 때의 기분이 어땠을까

—시인의 고백, 도항증명, 上級, 힘, 생, 생존, 생활, 문
학, 시란?, 不知道, 古鏡, 비애 금물

조상을 부정하라고 한다

히라누마 도오주!

하이!

매일 매시간 일본 교수가 출석부 보며 부른 낯선 성

대답할 때마다 떨리는 입술

육첩방은 남의 나라 내 나라가 아닌데

시를 썼기에 요시찰인물

시를 썼기에 1945년 2월 16일 오전 3시 16분

후쿠오카 형무소 캄캄한 독방에서

크게 한 번 외치고 쓰러져 죽었다

윤—동—주—!

—「잃어버린 성을 찾아서」 전문

윤동주가 숨을 거두었을 때, 무슨 소리인가를 크게 내뱉고 나서 쓰러져 절명했다고 하는데 본인의 이름 석 자였을 거라고 상상하여 써 본 시이다. 나는 이 시를 써 놓고 한참 동안 펑펑 울었다.

후배 정병욱과 함께 찍은 사진.

후코오카 형무소 정문. 지금은 구치소가 되어 있다.

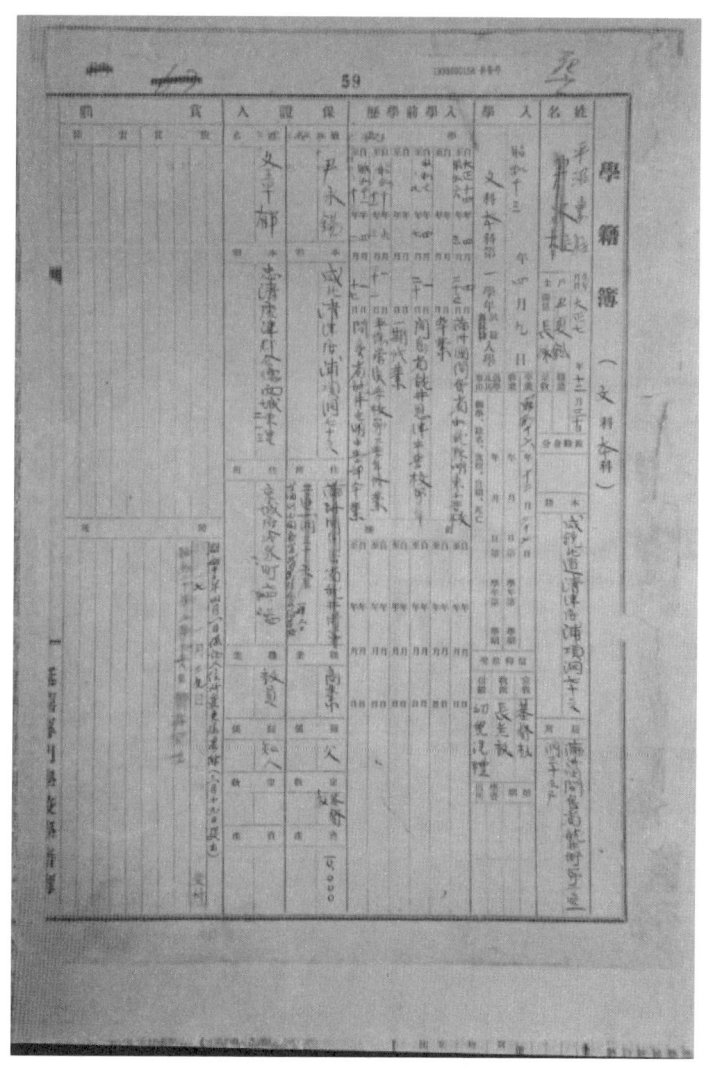

연희전문에 가서 고친 학적부.

8. 도쿄에서 교토로 전학을 가지 않았더라면

 윤동주의 생애를 보면 공부에만 몰두한 학구파가 아니었고, 성적이 특별난 것도 아니었다. 그저 성격도 차분하고 조용하였고 시 쓰기를 즐긴 모범생 스타일이었다. 한편 사촌 송몽규는 일본 국내의 제국대학의 하나인 교토제국대학 사학과(서양사 전공)에 시험을 쳐 합격했다. 같이 시험을 친 윤동주는 떨어져서 후기라고 할 수 있는 도쿄의 릿쿄대학에 합격했다.

 일본의 국립대학인 제국대학은 그야말로 천황이 다스리는 제국(帝國)의 국민을 가르칠 지도자를 양성하기 위해 세운 국가기관이다. 1886년에 수도 도쿄에 도쿄제국대학이 세워졌고 1897년 교토에 교토제국대학이 세워졌다. 20세기에 들어와 도호쿠, 규슈, 홋카이도, 게이조(서울의 경성제국대학), 다이호쿠(타이페이의 대만제국대학), 오사카, 나고야 순으로 세워진 이 학교에 들어간 것만으로도 천재로 인정을 받았고 졸업생은 각 분야에서 국가 경영의 지도자가 되었다.

릿쿄대학에 다니면서 윤동주는 외로웠다. 송몽규를 비롯한 조선인 유학생 몇 사람이 교토에서 학교에 다니는데 자기는 달랑 혼자 도쿄의 릿쿄대학에 다니고 있으니 외로움이 이만저만이 아니었다. 1942년 4월 2일부터 다녔는데 첫 학기 수강 결과 성적이 영문학연습은 85점, 동양철학사는 80점이 나왔다. 그다지 신통치 않은 성적이었다.

외로움은 편지를 쓰게 했다. 서울에 있는 친구 강처중의 주소로 편지를 보내면서 시도 5편 함께 넣어 보냈다. 「흰 그림자」, 「흐르는 거리」, 「사랑스런 추억」, 「쉽게 씌어진 시」, 「봄」을 강처중은 잘 간직한다.

이제 어리석게도 모든 것을 깨달은 다음

오래 마음 깊은 속에

괴로워하던 수많은 나를

하나, 둘 제 고장으로 돌려보내면

거리 모퉁이 어둠 속으로

소리 없이 사라지는 흰 그림자,

— 「흰 그림자」 제3연

으스름히 안개가 흐른다. 거리가 흘러간다.

저 전차, 자동차, 모든 바퀴가 어디로 흘리어 가는 것
일까? 정박할 아무 항구도 없이, 가련한 많은 사람들을
싣고서, 안개 속에 잠긴 거리는,

― 「흐르는 거리」 제3연

봄은 다 가고―동경교외 어느 조용한 하숙방에서, 옛
거리에 남은 나를 희망과 사랑처럼 그리워한다.

오늘도 기차는 몇 번이나 무의미하게 지나가고, 오늘도 나
는 누구를 기다려 정거장 가차운 언덕에서 서성거릴 게다.

―아아 젊음은 오래 거기 남아 있거라.

― 「사랑스런 추억」 종반부

이런 시를 보면 동주가 도쿄에서 얼마나 외롭게 살아갔
는지, 그때의 심사가 잘 드러나 있다. 특히 1942년은 태평
양전쟁이 한창인 때였다. 일본에서도 이십 대의 젊은이들
은 거의 다 전쟁터에 가 있었고 조선인도 집집이 한 명 정

도는 징병이나 징용으로 차출되어 전쟁터에 가 있었다. 학교에 다니고 있는 유학생 중에도 이제는 휴학을 하고 군에 가야겠다고 마음먹는 학생들이 있었다. 한국에서 유명한 문사가 찾아와 유학생들을 강당에 모아 놓고 자원입대를 권유하는 일도 연중 몇 차례씩 있었다. 마음 붙일 데 없는 동주는 같은 시기에 와서 교토제국대학에 다니는 사촌형 송몽규에게 상의를 해 보았다.

몽규의 의견은 교토가 도시도 안전하고 유학생들도 여럿 있으니 안정된 마음으로 공부할 수 있을 것이라고 했다. 교토는 우리의 경주(慶州)처럼 옛 왕조의 수도인지라 문화 유적들이 즐비해 미군이 공습할 것 같지 않았던 것이다. 그때 수도 도쿄는 안전지대가 아니었다. 종종 공습 사이렌이 울렸고 미군 비행기들이 나타나 실제로 공습을 하기도 했다. 방학이 되자 동주는 어수선한 마음을 달래려 고향에 가 있기로 한다.

여름방학 때 귀향하여 진학할 대학을 두루 알아보았다. 한 친구가 도호쿠[東北] 제국대학에 편입생 자리가 났으니 급히 가 시험을 보라는 전보를 쳐 줘서 동주는 멀고먼 여행길에 오른다. 그러나 일본에 도착해 알아보니 이전 학교 성적이 그 대학에 편입 지원을 하기에는 부족하므로 포기하라는 말을 듣고 크게 낙심한다.

시모노세키 항에서 도쿄가 아닌 교토로 가서 송몽규에게 의논을 했더니 이곳에 유서 깊은 도시샤대학이 있으니 거기에 응시해 보라고 권유한다. 마침 정지용 시인이 나온 학교이기도 했다. 윤동주는 이 대학에 무사히 합격하여 1942년 10월부터 1943년 7월까지 두 학기를 교토에서 대학을 다니게 된다. 두 학기 동안 수강한 과목은 5개였다. 영문학사 65점, 영문학연습 85점, 영작문1 80점, 영작문2 73점, 공통과목 신문학(新聞學) 75점. 역시 잘 나온 성적이라고는 볼 수 없다. 공부에 집중하기 어려울 만큼 고민이 많았을 것이다.

몽규와 동주의 하숙집 거리는 도보로 5분 정도였다. 두 사람은 하루가 멀다 하고 만났다. 고희욱도 이 무렵에 친하게 지내게 된 후배였다. 이들 외에도 조선에서 교토로 온 유학생들은 나라의 앞날이 걱정되고 자신의 미래도 불안하여 자주 만나 애국적인 담론을 나누었다. 하지만 특고경찰은 윤동주 전학의 이유를 송몽규를 주축으로 한 거사 준비로 간주하고 있었다. 송몽규가 조선인 유학생들을 규합해 모종의 거사를 할 것으로 보고 특고경찰이 몽규가 일본에 도착한 그날부터 매일 미행하고 있다는 사실을 눈치챈 유학생은 아무도 없었다. 동주가 계속해서 도쿄에서 대학을 다녔더라면 몽규와 붙어 다니는 일이 없었을 테고 투옥되는 일 또한 없었을지도 모른다. 그러나 모를 일이다. 또 다른 불행이 도쿄에 도사려 있었는지 그 누구도 알 수 없는 일이었다.

일본의 하숙집 앞에도 시비 '유혼의 비'가 세워져 있다.

윤동주 평생의
지기였던 송몽규.

9. 체포에서 투옥까지

동주는 여름방학을 앞두고 집에 편지를 보냈다. 귀향할 여비가 없으니 좀 보내 달라는 내용이었다. 그 당시 집에 간다는 것이 보통 일이 아니었다. 교토에서 기차를 타고 시모노세키 항으로 가서 배를 타고 부산으로 간다. 부산에서 기차를 타고 국경까지 가는 것도 한반도를 관통하는 엄청난 거리였지만 거기서 다시 버스를 타고 길림성 용정까지 가는 여정도 만만치 않았다. 차 안에서 먹고 자면서 가는데, 일주일은 족히 걸렸다. 아버지 윤영석은 아들이 방학 때 고향에 와 있겠다는 연락을 받고 서둘러 돈을 부쳤다. 당시 동주는 시모노세키 항까지 가는 차표를 예매해 둔 상태였고 짐은 우체국에 가서 고향 집으로 미리 부쳤다. 윤영석은 아들이 오기를 초조히 기다리고 있었다. 하지만 아버지와 아들은 영원히 만날 수 없게 된다. 1943년 7월 14일, 특고경찰의 형사는 방학을 기다리는 동주를 붙잡아 경찰서 유치장에 가두었다. 송몽규는 나흘 전에 체포, 조사를 먼저 받고 있었다. 여름방학 직전이었고 학기말시험 기간이었다.

이런 의견이 있다. 학생 신분이었고, 조용하고 내성적인 성품인 윤동주가 독립운동 혐의로 체포되다니, 일제의 과잉 단속에 잘못 걸려들어 억울하게 희생되었다는 것이다. 사람들은 오랫동안 그렇게 생각하였다. 백면서생이나 남산골샌님의 이미지가 강한 윤동주가 독립운동을 한 혐의로 투옥되었다는 것은 무언가 오해가 있었기 때문이며 잘못된 일이라는 것이다. 그러나 일제는 '예비검속'이라고 하여 실질적인 행동으로 옮기지 않더라도 애국적인 행동을 하려고 사전 모의를 하면 그것 자체를 '죄'로 간주하여 '벌'을 주었다.

일본 정부의 극비 문서였던 『특고월보』 1943년 12월분, 사법부 발행 법원 기록인 『사상월보』 1944년 4, 5, 6월분을 보면 이들 유학생이 저지른 '죄'를 다루고 있다. 사건의 이름은 '교토에 있는 조선인 학생 민족주의 그룹 사건'이었다. 이 문건을 보면 일본 경찰이 왜 윤동주를 구속시켰는지, 유죄 선고를 했는지 잘 나타나 있다.

앞서도 말했지만 송몽규는 학교를 다니다 말고 독립운동

가를 양성하는 일종의 사관학교인 낙양군관학교를 1년 동안 다닌 전력이 있다. 그런 송몽규가 일본에 유학을 온 것, 도쿄에 있는 친척이 교토로 전학을 온 것, 여러 명이 수시로 모여 단체 행동을 한 것이 다 '독립운동을 모의한 것'으로 간주되었고, 특고경찰의 판단으로는 유학생들의 이런 모의도 벌을 받아야 할 죄목이었다.

일본의 특고경찰은 송몽규가 일본에 도착했을 때부터 감시를 철저히 하고 있었다. 어느 날 몇 시에 하숙방의 불이 꺼졌는가, 어느 날 어느 식당에서 몇 사람이 모여 밥을 먹었는가, 송몽규의 하숙방에서 무슨 대화를 나누었는가 등등을 낱낱이 기록하고 있었다. 유학생들은 그것도 모른 채 조선의 독립을 위해 무슨 일을 할 수 있는가를 주로 논의하였다. 판결문의 몇 대목을 보자.

일찍이 치열한 민족의식을 품고 있었는데 성장하여 내선 간의 소위 차별문제에 대하여 깊이 원차(怨嗟)의 마음을 품는 한편 (……) 조선민족을 해방하고 그 번영을 초래하기 위하여서는 조선으로 하여금 제국 통치권의 지배로부터 이탈시켜 독립국가를 건설할 수밖에 없으며, 이를 위해서는 조선민족의 현시에 있어서의 실력 또는 과거에 있어서의 독립운동 실패의 자취를 반성하고 당면 조선인의 실력, 민족성을 향상하여 독립운동의 소지를 배양하도록 일반대중의 문화앙양 및 민족의식의 유발에 힘쓰지 않으면 안 된다고 결의하기에 이르렀으며 (……)16

판결문에 따르면 동주는 우리가 알고 있는 나약한 청년이 아니었다. 광복의 날이 올 때까지 실력을 열심히 키우면서 준비하고 있겠다는 결심을 모임 때도, 일기를 쓸 때도 종종 피력하였다. 죄를 정당화하기 위해 작성된 판결문이니까 다소 과장된 내용이 들어 있다고 할지라도 동주는 나약한 공부벌레가 아니었고, 우리 민족과 나라의 앞날을 고민했던 심정적 독립투사였음이 잘 드러나 있다.

특히 대동아전쟁의 발발에 직면하자 과학력에 열세한 일본의 패전을 몽상하고 그 기회를 타고 조선 독립의 야

---

16 송우혜, 앞의 책, 325쪽.

망을 실현할 수 있으리라 망신(妄信)하여 더욱더 그 결의
를 굳히고, 그 목적 달성을 위하여 도시샤대학에 전교한
후, 이미 같은 의도를 품고 있던 교토제국대학 문학부 학
생 소무라 무게이와 자주 회합하여 상호 독립의식의 앙
양을 꾀한 외에 (······)

동주가 목적을 갖고 전학을 했으며 몽규와 자주 만나 독립
의식을 다졌다고 적혀 있다. 몽규가 중국으로 가서 김구 선
생을 만나 진로를 결정하기로 한 것도 나온다. 몽규는 조선
이 중국과 연대하여 일본을 압박해야 한다는 말도 하였다.
　고희욱 씨의 증언에 따르면 당시 3명이 기소되었다. 고
희욱은 1921년생으로 스물두 살이었다. 송몽규의 하숙집
에 같이 기거하는 조선인 유학생이라는 것이 죄라면 죄였
다. 사건의 주모자는 송몽규, 동조자는 윤동주와 고희욱이
었다. 고희욱은 나이도 두 사람보다 네 살 어렸고 수사관이
도쿄의 제3고를 나온 사람이라서 대학 예비학교인 제3고
를 나온 고희욱을 봐주었을 수도 있다. 희욱은 기소유예로
풀려났고 몽규와 동주는 경찰서 유치장에 며칠 있다가 검
사국 감옥의 독방으로 이감되었다. 여기서 취조를 받은 뒤

교토지방재판소에서 치안유지법 위반 혐의로 재판을 받았
다. 결과는 두 사람 모두에게 2년형이 선고되었다. 행동으
로 옮긴 것은 아무것도 없었고 다만 모의를 했을 따름인데
이것이 유죄로 판결났으니 무지한 법이었고 무지막지한 형
벌이었다. 윤동주와 송몽규는 검사국 감옥에서 후쿠오카
형무소에 옮겨졌다. 미결수가 기결수가 된 것이다.

고희욱은 끌려가는 바람에 학기말 시험을 치지 못했다.
자연히 유급이 되어 3학년을 1년 더 다녀야 했다. 그러나
미국의 일본 본토 공습이 잦아지자 급거 귀국하였다. 그는
나중에 기업체 회장이 되었다.

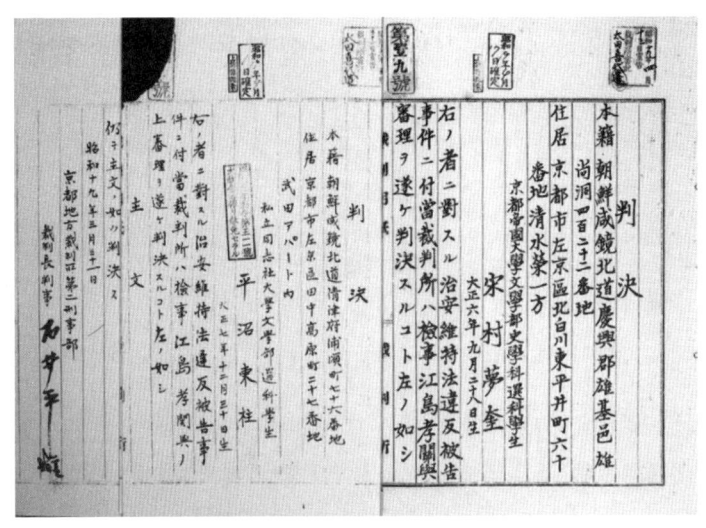

判決

本籍　朝鮮咸鏡北道慶興郡雄基邑雄
尚洞　四百二十二番地
住居　京都市左京區北白川東平井町六十
番地　清水榮一方
京都帝國大學文學部史學科選科學生
宋村夢奎
大正六年九月二十八日生

右ノ者ニ對スル治安維持法違反被告
事件ニ付當裁判所ハ檢事江島孝關與
審理ヲ遂ケ判決スルコト左ノ如シ

判決

主文

本籍　朝鮮咸鏡北道清津府浦項町七十六番地
住居　京都市左京區田中高原町二十七番地
武田アパート内
私立同志社大學文學科　選科學生
平沼東柱
大正七年十二月三十日生

右ノ者ニ對スル治安維持法違反被告事
件ニ付當裁判所ハ檢事江島孝關與ノ
上審理ヲ遂ケ判決スルコト左ノ如シ

主文

被告人ヲ……如判決次ス

昭和十九年五月二日
京都地方裁判所第二刑事部
裁判長判事　石……

송몽규와 윤동주의 판결문.

10. 생체 실험용 주사를 맞다

큐슈에 있는 후쿠오카 형무소에서 두 사람은 각자 독방에 갇혀 있었다. 매끼 식사가 꽁보리밥 한 덩어리에 단무지 몇 조각과 묽은 된장국이 전부였다고 한다. 그런데 윤동주의 때 이른 죽음은 부실한 식사와 추위에서 생긴 병 때문이 아니라 생체 실험용 주사 때문이었다는 설이 있다. 자료를 찾아보니까 윤동주의 아버지 윤영석과 같이 형무소까지 가서 유해를 가져왔던 당숙인 윤영춘이 『나라사랑』이라는 잡지 제23집(1976년 6월 발행)에 「명동촌에서 후쿠오카까지」라는 수기를 발표한 적이 있다.

몽규가 반쯤 깨진 안경을 눈에 걸친 채 내게로 달려온다. 피골이 상접이라 처음에는 얼른 알아보지 못하였다. 어떻게 용케도 이렇게 찾아왔느냐고 여쭙는 인사의 목소리조차 저세상에서 들려오는 꿈같은 소리였다. 입으로 무어라고 중얼거리나 잘 들리지 않아서 왜 그 모양이냐고 물었더니, "저놈들이 주사를 맞으라고 해서 맞았더니 이 모양이 되었고, 동주도 이 모양으로……" 하고 말소리는 흐려졌다.

윤동주와 같은 시기에 같은 감옥에서 옥살이를 했던 독립유공자 김흥술이라는 분도 이런 증언을 했다. 5~10cc의 주사를 일주일 이상 맞으면서 암산 능력을 테스트 받았다고 한다. 그리고 옥살이 중에 간수가 수인 번호를 부르면 큰 목소리로 복창을 해야 했는데, 윤동주는 너무 가냘픈 목소리로 대답해서 듣지를 못해서 윤동주의 수인 번호를 기억할 수가 없었다고 한다. 어쨌거나 이국의 차가운 독방에서 윤동주가 뭐라고 외쳤는지는 아무도 모른다. 한마디 크게 부르짖고서는 그만 감방 바닥에 쓰러지면서 숨을 거뒀다. 우리나라 나이로는 스물아홉 살이지만 이 세상에는 고작 27년 2개월을 머물다 그는 저세상으로 갔다.

윤동주가 사망했다는 전보를 받고 후쿠오카에 갔던 동주의 부친과 당숙으로부터 들은 이야기를 동주의 누이동생 윤혜원 씨는 이렇게 증언했다. 송우혜의 『윤동주 평전』에서 가져온다.

몽규 오빠를 먼저 면회하고 난 후 그 모습에 충격을 받은 아버지가 그만 복도에 주저앉아 통곡을 하셨다더군요. 몽규 오빠의 모습이 꼭 뼈에 가죽만 씌워놓은 것 같았고, 턱뼈가 쑥 나왔더라는 거예요. 당숙이 위로하여 아버지가 겨우 울음을 그치니까 이번에는 당숙이 크게 우시더래요. 그리고 나서 동주 오빠 시체를 찾으려고 시체 안치실에 가 보니 관이 많이 쌓여 있더랍니다. 그 관들 속에 모두 시체가 들어 있었는지 아닌지는 모르지요. 딴 관은 열어 본 게 아니니까요. 동주의 관이라고 찾아주는 걸 열어 보니, 시체에다 방부제를 써서 전혀 상하지 않고 평상시 그대로의 모습이더래요. 신체에 상처는 전혀 없었구요.

윤동주가 숨을 거둔 때는 1945년 2월 16일 새벽 3시 36분이다. 윤영석과 윤영춘은 시체를 화장했다. 지금 같으면 부검을 의뢰했을 수도 있겠지만 그때는 어서 이곳을 떠나고 싶을 뿐이었을 것이다. 유골함을 갖고 용정에 와서 장례식을 치른 것이 3월 6일이다. 고향집 마당에서 문익환의 아버지 문재린 목사가 장례 의식을 진행하였고, 유골함은 용정의 교회 묘지에 묻혔다. 장례식에서 윤동주의 시 「자화상」과 「새로운 길」이 낭독되었다.

그런데 3월 8일에 송몽규네 집으로 전보가 전달된다. 어제 송몽규가 사망했다는 소식이었다. 송몽규의 시신도 화장되어 유골함의 상태로 부친에게 전달된다.

몽규는 처음에는 고향인 대랍자(大拉子)의 묘지에 묻혔다가 나중에 윤동주의 묘 옆으로 이장되었다. 송몽규의 시비는 '청년문사송몽규지묘'라고 되어 있다. 1990년에 윤동주 시인은 건국훈장 독립장을 받았고, 5년 뒤에 송몽규도 건국훈장 애국장을 받았다.

일본의 교정협회(矯正協會)에서 1966년에 낸 책 『전시행형실록』을 보면 후쿠오카 형무소에서 1943년에 죽은 죄수의 수가 64명인데, 1944년에는 131명, 1945년에는 259명으로 급증한다. 1945년에는 한 해에 죽은 재소자의 수가 갑자기 늘어나 전전해에 비해 네 배 이상이 늘어나 259명을 기록했다니 참 이상하지 않은가? 여기서 생체 실험은 더욱더 설득력을 갖게 된다. 전쟁 말기에 일제가 수감자들을 대상으로 대대적인 실험을 했다는 것이 더욱 확실한 근거가 된다.

'731부대'라는 것이 있었다. 중국 헤이룽장성〔黑龍江省〕 하얼빈에 있던 일제 관동군 산하 세균전 부대가 바로 731 부대다. 1936년에서 1945년 여름까지 전쟁 포로 및 기타 구속된 사람 3,000여 명을 대상으로 각종 세균 실험과 약 물 실험 등을 자행했다. 1936년 만주 침공 시 하얼빈 남쪽 20킬로미터 지점에 설립한 세균전 비밀연구소로 출발했는 데 당시 방역 급수 부대로 위장했다가 1941년 만주 731부 대로 명칭을 바꾸었다. 설립 당시의 사령관은 1930년대 초 유럽 시찰을 통해 세균전의 효용을 깨닫고 이에 대비한 전 략을 적극 주창한 사람인 세균학 박사 이시이 시로〔石井〕 중장이다. 부대 예하에는 바이러스, 곤충, 동상, 페스트, 콜 레라 등 생물학 무기를 연구하는 17개 연구반이 있었고, 각각의 연구반마다 '마루타'라고 불리는 인간을 생체 실험 용으로 사용하였다.

1940년 이후 해마다 600명의 마루타들이 생체 실험에 동원되어 최소한 3,000여 명의 한국인, 중국인, 러시아인, 몽골인 등이 희생된 것으로 추정된다. 1945년 제2차 세계 대전이 끝나자 만행의 흔적을 없애기 위해 살아남은 150 여 명의 마루타들까지 모두 처형한 것으로 알려졌다. 최근

731부대 장교가 작성한 것으로 보이는 문서가 일본의 한 대학에서 발견되어 일본군의 세균전 및 생체 실험이 사실로 입증되었다. 이에 따르면 페스트균을 배양해 지린성〔吉林省〕 눙안(農安)과 창춘(長春)에 고의로 퍼뜨린 뒤 주민들의 감염 경로와 증세에 대해 관찰했다는 내용이 상세히 기록되어 있고, 이로 인해 중국인 수백 명이 목숨을 잃었다고 한다. 일본 본국에서는 도호쿠제국대학의 의학부가 이 일을 전담하였다. 각종 실험의 보다 명확한 데이터 작성을 위해 후쿠오카 형무소에 수감되어 있는 죄수들이 동원된 근거가 되는 문건이다.

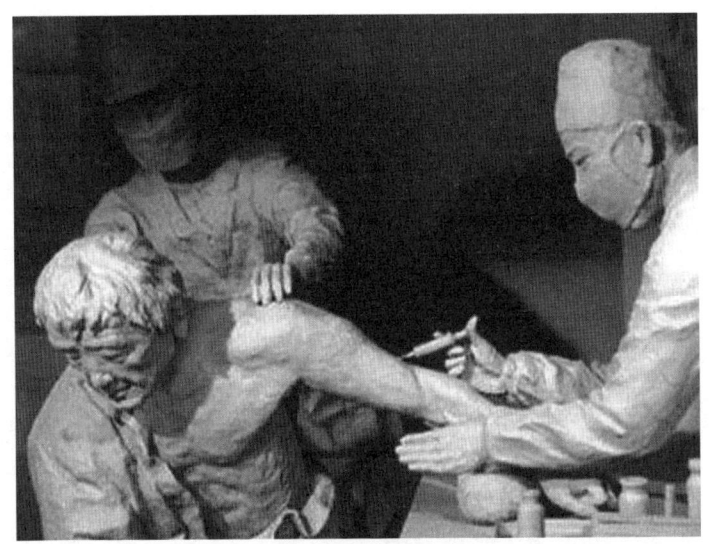

인체실험을 형상화한 조각 작품.

용정에서 행해진 윤동주 장례식.

11. 묘소와 시비는 어디에?

한국전쟁 때 서로 원수가 되었고 체제가 달랐던 중국과 한국은 오랫동안 국교가 단절되어 있었다. 즉, 한국인이 중국에 가는 것이 원천적으로 봉쇄되어 있었다. 그래서 윤동주의 유해가 어디에 묻혔는지, 정확한 장소는 알 길이 없었다. 그런데 일본 와세다대학에서 윤동주를 계속 연구해 온 오무라 마수오[大村益夫]라는 학자가 1985년에 중국을 방문해 용정에 있는 윤동주의 묘소를 찾아냈다. 오무라는 윤동주의 연변 쪽 유적지와 묘소를 찾았다고 우리 학계에 알려주었다. 동주의 묘소가 일본인에 의해 빌건되어 우리에게 알려졌으니 우리가 중국에 가는 것이 불가능하기는 했지만 좀 창피스런 일이기도 했다.

비문을 쓴 이는 1910년대 윤동주의 부친이 북경 유학을 갔을 때 같이 떠났던 5인의 유학생 중 하나로, 북경에서 돌아온 후에는 윤동주의 부친과 함께 명동학교에서 교편을 잡기도 한 김석관 선생이다. 한자로 쓴 비문이 송우혜의 『윤동주 평전』에 번역되어 있다. 다음은 그 일부다.

그 재질 가히 당세에 쓰일 만하여 시로써 장차 사회에 울려퍼질 만했는데, 춘풍 무정하여 꽃이 피고도 열매를 맺지 못하니, 아아 아깝도다.

묘소를 새롭게 단장한 이는 현봉학(玄鳳學, 1922~2007) 박사다. 그는 한국계 미국인 의사이자 교수로 한국전쟁 당시 흥남 철수 작전에서 북한을 탈출하고 싶어했던 피난민들을 에드워드 아먼드 미군 10군단장에게 탑승을 요청하여 98,000여 명을 미군함에 태워 살려낸 한국의 쉰들러로 불린다. 그는 윤동주문학상도 제정했다.

1988년 6월에 새로이 봉분이 단장되었고, '龍井中學校修繕(용정중학교수선)'이라는 글자가 새겨진 지석이 비석 앞에 놓여졌다. 바로 그해 윤동주장학회도 설립되었다.

윤동주의 묘는 용정의 동산(東山)이란 곳에 위치한 중앙교회 공동묘지 터에 있다. 그해 단옷날 봉문 앞에 '詩人尹東柱之墓(시인윤동주지묘)'라고 새긴 비석을 세웠다. 윤동주는 등단을 해 활동한 시인은 아니었지만 아버지는 자식이 늘 시 쓰기를 좋아했었다는 것을 알고 있어서 혼을 달래 주자는 의미에서 '시인'이라고 비석에 새겼다.

윤동주가 4년 동안 수학한 연희전문학교(현 연세대학교)의 교정에는 시비가 서 있다. 연희전문 시절에 살았던 기숙사 가까운 곳에다 시 「서시」의 친필을 확대하여 새긴 것이다. 생애 기록은 연세대 영문학과 유영 교수가 작성하였고 이 글씨는 서예가 박준근이 썼다.

1992년에 중국의 옛 대성중학교 자리인 용정중학교 교정에 윤동주 시비가 건립되었다.

작고 50년 뒤인 1995년 2월 16일에 연세대학교의 시비 앞에서 윤동주 시인 50주기 추도식이 거행되었다. 놀라운 것은 같은 날 일본 도시샤대학에서도 시비 제막식과 아울러 윤동주를 기리는 모임이 거행되었다는 것이다. 한국 유학생을 사지로 보낸 후쿠오카에서도 그날 윤동주 50주기를 맞아 위령제가 거행되었다.

2006년 6월에 윤동주가 하숙하던 교토의 일본조형예술대 다카하라 분교 교사 앞에 '윤동주 유혼(幽魂)의 비(碑)'가 세워졌다. 2017년 10월에는 교토 우지시[宇治市] 시츠카와

〔志津川〕의 우지강〔宇治川〕 강가에 '윤동주 기억과 화해의 비'가 제막되었다. 이로써 일본에는 윤동주의 시비가 세 개나 세워지게 된다. 우지강의 다리는 윤동주 시인이 친구들과 함께 소풍을 가서 찍은 마지막 사진을 남긴 곳이다. 이날 친구들의 부탁으로 부른 노래는 민요 「아리랑」이다.

용정에 있는 윤동주의 묘와 묘비.　　　　　　연세대 교정에 세워진 시비.

우지강 강가에 있는 기억과 화해의 비.

12. 지금까지의 윤동주 연구

유고 시집 『하늘과 바람과 별과 詩』가 1948년 정음사에서 초간본이 나왔을 때는 31편의 시가 실려 있었지만 10주기 때인 1955년에 나온 증보판에는 89편의 시와 4편의 산문이 실린다. 1967년의 증보판에는 백철, 박두진, 문익환, 장덕순의 추도의 글이 실린다.

최초의 박사 논문이 책으로 나왔으니 마광수의 『윤동주 연구』(정음사, 1983)다. 이 책은 윤동주를 제대로 평가한 첫 성과로 꼽힌다.

이건청의 윤동주 평전인 『나의 별에도 봄이 오면』(문학세계사, 1981)에는 시인의 생애가 비교적 잘 정리되어 있다. 하지만 윤동주 시인이 어떤 삶을 살았는지를 소상히 알려면 송우혜의 『윤동주 평전』을 반드시 읽어 보아야 한다. 1988년에 세계사에서 나왔는데 개정을 거듭하다가 서정시학사로 판권이 넘어갔다. 이외에 지금까지 나온 윤동주를 연구한 책 중 참고할 만한 것으로는 다음과 같은 것들이 있다. 출간 연도순이다.

정지원, 『윤동주 ─ 별을 노래하는 마음』, 한겨레아이들, 2011.

류양선, 『순결한 영혼, 윤동주』, (주)북페리타, 2015.

류양선 엮음, 『윤동주 시인을 기억하며』, 다시올, 2015.

안소영, 『시인 동주』, 창비, 2015.

류양선 엮음, 『윤동주 시인을 기리며』, 창작산맥, 2017.

소강석, 『별빛 언덕 위에 쓴 이름』, 샘터, 2017.

다고 기치로, 이은정 역, 『생명의 시인 윤동주』, 한울, 2018.

송희복, 『윤동주를 위한 강의록』, 글과마음, 2018.

조명제, 『윤동주의 마음을 읽다』, 스타북스, 2018.

이 가운데 조명제는 제목이 '序詩(서시)'인, 우리의 입에게 가장 많이 읊조려진 시에 대해 중요한 발언[17]을 하고 있다. '서시'라고 동주 자신이 제목을 붙여 쓰지는 않았는데 정병욱 등이 유고 시집을 내는 과정에서 머리말(자서) 격으로 써 놓은 것을 「서시」라고 이름 붙여 시집을 냈던 것이라고 한다. 그런데 공교롭게도 윤동주를 대표하는 시가 되었다. 머리말에 써 놓은 내용인 '하늘과 바람과 별과 詩'가 시집의 제목이 되었는데, 사실 이것을 제목으로 한 시는 없다.

현재까지 윤동주에 관한 논문은 박사 학위 논문을 포함하여 300편이 넘게 나와 있다. 김수복 시인은 정음사에서 1955년에 나온 윤동주의 시집 『하늘과 바람과 별과 시』의 중판본 93편 시에 일일이 화답하는 내용으로 『밤하늘이 시를 쓰다』(서정시학, 2017)를 펴냈다. 김 시인은 1995년 2월 윤동주 시인 순국 50주기를 맞아 일본 후쿠오카 형무소 앞에서 열린 위령제와 도시샤대학 교정의 시비 건립에 동참하면서 받은 감격에서 영감을 얻어 이 시집의 시편 쓰기에 착수, 22년 만에 결실을 맺었다.

새에덴교회의 소강석 목사는 윤동주의 삶을 따라 북간도

---

17 "짧은 시 「서시」에는 윤동주 시의 전체적 특징을 집약적으로 보여 주는 하늘, 별, 바람, 밤[어둠], 잎새[나무], 길, 부끄러움, 괴로움, 죽음 그리고 시(詩)라는 어휘들이 시인의 개결한 정신 속에 별빛처럼 박혀서 절묘하게 직조되어 있다." 조명제, 『윤동주의 마음을 읽다』, 스타북스, 2018, 34쪽.

용정과 명동촌, 유학 갔던 일본 교토에 다녀와 소회를 담아 쓴 시를 모아 『다시, 별 헤는 밤』(샘터, 2017)을 펴냈다. 제1부 '별의 시인이 태어나다'는 명동촌과 용정 시기, 제2부 '다시, 별 헤는 밤'은 연희전문학교 시기, 제3부 '시를 제물로 드리다'는 일본 유학과 피검 순국 시기, 제4부 '꽃잎과 바람의 연서'는 시기에 국한되지 않은 시들이 담겨 있다. 윤동주의 삶과 시 세계를 시로 재구성한 평전 시집이다. 소목사는 그간의 윤동주 행적 답사 등을 정리하여 『별빛 언덕 위에 쓴 이름』이라는 책도 펴냈다.

「서시」 외 약 10편의 시가 한국의 고등학교 국어와 문학 교과서에 실려 있다. 1990년에 일본 지쿠마쇼보가 발행한 고등학교 교과서 『신편 현대문』에 윤동주의 시 4편이 이바라기 노리코 시인의 번역으로 게재되었다. 중국 연변의 조선족이 공부하는 교과서 『조선어문』에도 「서시」와 「새로운 길」이 실려 있다. 일본에서는 윤동주의 죽음을 애도하는 사람들이 모여서 윤동주의 시를 연구하는 단체가 10개가 넘는다. 이 모임들은 하늘을 우러러 한 점 부끄럼이 없기를 바랐던 시인의 순정한 마음을 사모하는 사람들의 모임일 것이다.

이 책을 쓴 필자는 윤동주의 생가, 명동소학교, 용정중
학교, 은진중학교 등을 찾아 연변 일대를 여행하고 와서
계간 『시안』 1999년 가을호에 「윤동주 시인의 발자취를
찾아서」를 발표했다. 그때 묘소를 보지 못하고 왔기 때문
에 2003년에 한 번 더 가서는 감회가 새로워 이런 시를
썼다.

시인윤동주지묘 앞에서
─2003년 10월 20일에

그대 죽는 날까지 학생이었기에
죽는 날까지 한 점 부끄럼 없기를 바랐기에
술은 갖고 오지 않았다
포 몇 개와 과일 두어 개 놓고 절 올린다
詩人尹東柱之墓 앞
바람도 구름도 가다가 잠시 멈추는
이곳, 순정한 조선 청년 하나 묻혀 있는
용정의 동산, 중앙교회 묘지 터

꺼질 듯 가냘픈 목소리로 대답해
그대 수인번호 아무도 모른다
그대 무슨 이유로 끌려왔는지
무슨 고문을 당했는지
무슨 주사를 맞았는지

누가 진 십자가인들 무겁지 않으랴
누가 가는 길인들 수고스럽지 않으랴만
그대 이국의 차가운 독방에서
외마디 비명을 지르고 죽었다지

돌보는 사람 없었나 잡초 쭈뼛쭈뼛 목 내미니
龍井中學校修繕이란 일곱 글자
새겨진 지석(誌石)이 쑥스럽다는 듯 웃는다

죄 없는 자의 무덤가에 꽃이 피었다
꽃 피웠지만 열매 맺지 못한
창씨한 동주의 일본 이름
히라누마 도오주

그대보다 나 몇 곱절 더 살았지만
부끄럽다 부끄럽다고 뇌까리다
주저주저 주저앉고 싶을 뿐

이때의 여행기는 『시경』 2004년 상반기호에 「윤동주, 한국시문학사의 영원한 영광」이란 제목으로 실렸다. 사후 60주년이 되는 2005년 겨울에는 『월간문학』의 독자들 앞에서 「식민지 하늘의 수줍게 빛나는 별, 윤동주」를 강연했는데 그 강연 과정이 책에도 실린 바 있다.

윤동주 시인에 대해 좀 더 많은 것을 알고 싶으면 서울시 종로구 창의문로에 자리한 윤동주문학관에 가 보면 된다. 애당초 이 건물은 윤동주와 아무런 관계가 없었다. 2009년까지 수도가압장으로 사용하던 건물로, 고도가 높은 청운동 일대에 수압을 높여 물을 공급하기 위해 1974년에 세워진 것이다. 건축가 이소진은 이 수도가압장을 멋진 문학관으로 개조하였다. 콘크리트 물탱크가 어떻게 하여 문학관의 핵심 지점이 되었는지는, 가 보아야 알 수 있다. 흡사 후쿠오카 형무소의 벽체 같아서 더욱 실감나는 건축물이 되었다. 문학관 뒤로 언덕이 있는데 그곳에 시비가 서 있다. 우리들 가

슴에서 늘 타오르고 있는 별, 그 별을 노래하는 마음으로 모
든 죽어 가는 것을 사랑했던 윤동주의 「서시」다.

윤동주문학관 뒷동산에 있는 시비.

서울 청운동에 위치한 윤동주문학관 전경.

윤동주문학관 내부.

윤동주의 시에 나타난 죄의식과 죽음의식

실마리

그리스도교에서 말하는 '죄'는 인간이 창조주인 신으로부터 떠나 있음을 뜻한다. 인간이 '떠나 있다'는 것은 떨어져 있는 상태를 가리키는 것으로, 다른 말로 하면 '소외'이다. 신을 가리켜 '존재의 근거'라든지 '존재 그 자체'라고 한다면, 인간이 존재의 근거가 되는 존재 그 자체에서 떨어져 있다는 것은 소외되어 있다는 것을 뜻한다. 소외 개념은 인간 정신과 사회 구조의 현대적인 성격에 깊이 관련되어 있다. 소외론은 헤겔과 마르크스의 '노동의 소외'로부터 시작된 이론이지만 '신으로부터의 소외'는 크게 문제시된 적이 없다. 헤겔 철학의 중심 개념인 인간 존재론적 소외론이나 마르크스의 사회 현상론적 소외론도 신과 인간, 죄와 구원의 문제는 젖혀 놓고 있다. 그런데 우리 문학사에서 소외의 문제를 놓고 혼신으로 고투한 시인이 있었으니, '암흑기 하늘의 별'로 일컬어진 윤동주가 바로 그이다.

윤동주는 할아버지가 장로인 기독교 가정에서 태어나 장로교의 유아세례를 받았다. 또한 명동소학교, 숭실중학교, 연희전문 같은 미션계 학교를 다녀 기독교적 사고에 깊이 침윤되어 있었다. 그러나 그의 성장 환경이 말해 주는 외재적 여건보다 작품에 드러난 기독교 정신으로서의 인간관이 더욱 중요하다. 이제껏 나온 윤동주론 중 상당수가 그를 29세의 젊은 나이로 일본 땅에서 옥사한 민족주의자로 간주한 탓에 '크리스천 윤동주'에는 관심을 거의 기울이지 않았다. 나는 그의 애국심과 민족의식을 낮게 보는 것이 아니라 고뇌하는 신앙인으로 바라볼 필요성을 느낀다. 사후 3년 만에 출간된 시집 『하늘과 바람과 별과 詩』에서 종교적 표상이 두드러진 작품으로는 1934년 작 「삶과 죽음」, 「초한 대」를 비롯하여 「이적」, 「팔복」, 「태초의 아침」, 「또 태초의 아침」, 「십자가」, 「또 다른 고향」, 「참회록」 등이 있다.

소외 의식과 원죄 의식의 자각

1934년 크리스마스이브에 쓴 「삶과 죽음」과 「초 한 대」
는 시로서의 형상화가 아직 미흡한 작품이지만 순교자들의
죽음과 예수의 십자가 처형을 애도하고 있어 기독교 시인
으로서의 면모를 일찌감치 드러낸다. 일단 종교시가 아닌
듯한 「또 다른 고향」부터 보자.

고향에 돌아온 날 밤에
내 백골이 따라와 한 방에 누웠다.

어둔 방은 우주로 통하고
하늘에선가 소리처럼 바람이 불어온다.

어둠 속에서 곱게 풍화작용하는
백골을 들여다보며
눈물짓는 것이 내가 우는 것이냐
백골이 우는 것이냐
아름다운 혼이 우는 것이냐

지조 높은 개는
밤을 새워 어둠을 짖는다.

어둠을 짖는 개는
나를 쫓는 것일 게다.

가자 가자
쫓기우는 사람처럼 가자
백골 몰래
아름다운 또 다른 故鄕(고향)에 가자.
　　　　　　　　　—「또 다른 고향」 전문(1941년 작)

1941년이면 그가 연희전문 졸업반 시절이다. 마지막 두
연에 나타난 소외 의식 속에는 고향인 만주 땅을 떠나 있다
는 고향 상실의 의식과 식민지 치하라는 조국 상실의 아픔
과 아울러, 신 앞에 인간은 죄인이라는 원죄 의식까지를 포
함하고 있음을 간과해서는 안 된다. "백골 몰래/아름다운
또 다른 고향에 가자."는 구절이 "육신이 속한 지상적·현
실적 굴레를 벗어나서 '어둠'이 없는 화해로운 세계를 찾으

려는 절실한 독백"18이라면 그 화해로운 세계인 또 다른 고향이란 어떤 곳인가. 고향에서 가족과 함께 살았던 평화로웠던 시절이나 독립을 성취한 조국으로 보는 것은 이 시를 좁게 해석한 것이다. 여기에는 부끄러움을 조금도 느끼지 않아도 되었던 시절로 가자는 낙원회귀(樂園回歸)의 뜻도 포함되어 있다. 죄의식과 비슷한 '부끄러움'의 실상은 윤동주의 시 곳곳에서 발견된다.

무화과 잎사귀로 부끄런 데를 가리고

— 「또 태초의 아침」

쳐다보면 하늘이 부끄럽게 푸릅니다

— 「길」

부끄러운 이름을 슬퍼하는 까닭입니다

— 「별 헤는 밤」

---

18 김흥규, 「윤동주론」, 『창작과 비평』, 1974. 가을, 668쪽.

한 점 부끄럼이 없기를

　　　　　　　　　　　　　　　　—「서시」

왜 그런 부끄런 고백을 했던가

　　　　　　　　　　　　　　　　—「참회록」

비둘기 한 떼가 부끄러울 것도 없이

　　　　　　　　　　　　　　　　—「사랑스런 추억」

시가 이렇게 쉽게 씌어지는 것은
부끄러운 일이다

　　　　　　　　　　　　　　　　—「쉽게 씌어진 시」

　왜 윤동주는 스스로를, 인간이란 존재 자체를 이토록 부
끄러워했을까. 마광수의 설명은 다음과 같다.

　나라를 빼앗긴 식민지 지식인으로서의 부끄러움, 이
상과 현실의 괴리에서 오는 부끄러움, 기독교적 원죄 의

식이 가져다준 겸손한 신앙인으로서의 부끄러움, 윤리 지상적 생활철학에 자기 자신의 실천과 행동이 채 미치지 못했을 때 갖게 되는 부끄러움 등의 이미지가 한데 뭉뚱그려져 윤동주의 시 전체를 지배하고 있다.[19]

나는 이 가운데 '기독교적 원죄 의식이 가져다준 겸손한 신앙인으로서의 부끄러움'에 논의를 집중하고자 한다. 구약성서에 의하면 인간은 하느님의 뜻에 반하여 그의 위로 올라가서 자기의 자율을 헛되이 주장하고 싶어 하는 까닭에 죄를 갖게 되었다고 한다. 아담과 이브, 카인, 라멕, 그리고 바벨탑을 세우려고 했던 자들이 모두 이 예에 속한다. "내가 죄악 중에 출생하였음이여. 모친이 죄 중에 나를 잉태하셨나이다"라는 시편 51장 5절은 시편 기자기 자신이 태어났을 때부터 죄인임을 인정하고 있다. 예수가 제자들에게 '너희가 악할지라도 좋은 것을 자식에게 줄 줄 알거든 하물며 너의 천부께서 구하는 자에게 성령을

---

19 마광수, 「궁극적 이상과 현실적 시련의 암시」, 『문학사상』, 1986. 4, 115쪽.

주시지 않겠느냐 하시리라'(누가복음 11장 13절)라고 말한 것으로 보아 신약에서도 인간은 분명 죄인으로 간주되고 있다.

이와 같이 죄의식과 부끄러움을 강조하는 기독교 교육을 받은 식민치하의 젊은 지식인 윤동주는 부끄러움에 대한 인식에서 그치지 않고 신으로부터 버림받았다는 뼈아픈 죄의식으로 나아간다. 그리고 거기서 한 걸음 더 나아가 창조적 삶이라는 결단에까지 이른다. 윤동주가 쓴 종교시가 정지용의 것과 다른 점이 여기에 있다.

윤동주의 죄의식은 크게 두 가지에서 연유한다. 첫째, 어릴 때부터 받은 종교교육의 영향에서 온 원죄 의식. 이때의 원죄란 아담과 이브에서 연유된 죄의 의미보다는 '신 앞에 인간은 모두 죄인'이라는 죄의식, 즉 자신의 나약함을 깨달은 데서 오는 자괴감으로 보는 것이 좋다.

둘째, "가난한 이웃 사람들"(「별 헤는 밤」)을 두고 "남의 나라"에서 "늙은 교수의 강의 들으러 간다"(「쉽게 씌어진 시」)는, 또 "시대를 슬퍼한 일도 없다"(「바람이 불어」)는 식민지 지식인의 고뇌. 이처럼 인간의 자기 소외를 윤동주만큼 절실하게 느꼈던 시인도 많지 않을 것이다. 그러므로 죄와 소외의 문제를 좀 더 살펴본 뒤에 그의 시 세계를 들여다보는 것이 좋겠다.

에리히 프롬은 소외의 개념을 "신학상의 언어로서 '죄'라고 부를 수 있는 것을 비신학적 언어로 표현한 것"[20]이라고 규정하고 있다. 소외가 곧 죄라는 등식이 옳건 그렇지 않건 신으로부터 멀어져 있는 한, 또 죽음을 맞아야 할 유한자인 한 인간은 소외감으로부터 완전히 자유로울 수는 없다. 그래서 인간은 '참된 자기'를 창조하기 위해 끊임없이 기존의 자기로부터 탈출해서 미래를 지향하려는 자기 초월의 과정에 있게 된다. 이것은 사르트르의 표현에 따르면 '주체성'이며, 정직한 인간이라면 유한성과 주체성 사이의 갈등과 모순을 극복해 볼 것을 과제로 삼고 평생토록 분투한다. 따라서 소외에 대한 자각은 죄의식 및 부끄러움보다 한 차원 높은 실존적 상황이며 더 나은 삶을 가능케 하는 계기가 된다. 윤동주는 죄의식과 부끄러움에 사로잡혀 전전긍긍하지만 또한 벗어나고자 노력한다. 이 벗어남의 노력이 바로 소

---

20 정문길, 「프롬에 있어서의 소외와 그 극복」, 『소외』, 문학과지성사, 1984, 126쪽 재인용.

외에 대한 자각인 바, 그는 현실에 있어서도 '쫓기우는 사람'처럼 탈출을 시도한다. 애써 탈출한 곳이 불행히도 일본이어서 그는 주검이 되어 돌아오지만 시에서는 '또 다른 고향'을 설정해 놓고 있다. '또 다른 고향'을 해방된 조국으로 유추해도 좋고 낙원처럼 부끄러움 없이 지낼 수 있는 곳으로 보아도 좋은데, 그는 어떻든 「또 다른 고향」에서 '가자'를 네 번이나 외친다. 백골과 아름다운 혼이 분리되어 있다고 느낄 정도로 윤동주가 느낀 고독감이나 소외 의식은 절실하다. 신으로부터의 소외를 깨달은 그는 참된 자기로부터는 소외되지 않을 결심을 한다.

하얗게 눈이 덮이었고
전신주가 잉잉 울어
하나님 말씀이 들려온다.

무슨 계시일까.

빨리
봄이 오면

죄를 짓고

눈이
밝어
이브가 해산하는 수고를 다하면
무화과 잎사귀로 부끄런 데를 가리고
나는 이마에 땀을 흘려야겠다.
— 「또 태초의 아침」 전문(1941년 작)

제1연을 보면 윤동주는 침묵하는 신을 생각하고 있었음
을 알 수 있다. 그러나 봄이 언제 올지 모르는 한겨울에도
신으로부터 완전히 소외되어 있다고 믿지 않기에 그 어떤
계시를 기다린다. 그는 제3연에서 인간 조건을 극복해 나
가려는 의지를 보인다. 인간인 이상 죄를 짓지 않고 살기
는 힘들겠지만 스스로 부끄러움을 알고 땀을 흘림으로써
속죄해 보겠다는 결심은 기독교인의 결심임이 분명하다.
그럼에도 불구하고 그의 인간 이해는 실존주의자의 입장
에 근접해 있다. 동시를 제외한 그의 시 대부분이 친구 문
익환이 말하는 신앙의 회의기에 창작되었기에 그런지도

모른다.21 '지금 여기'에서의 고통은 지상에 인간이 존재
하는 한 지울 수 없는 것으로 여겨졌기에 그는 다음과 같
은 시를 썼던 것이리라.

슬퍼하는 자는 복이 있나니
슬퍼하는 자는 복이 있나니
슬퍼하는 자는 복이 있나니
슬퍼하는 자는 복이 있나니
슬퍼하는 자는 복이 있나니
슬퍼하는 자는 복이 있나니
슬퍼하는 자는 복이 있나니
슬퍼하는 자는 복이 있나니

저희가 영원히 슬플 것이오.

— 「팔복」 전문(1940년 작)

---

21 문익환은 「동주 형의 추억」에서 '그에게도 신앙의 회의기가 있었다. 연전 시대
가 그런 시기였던 것 같다. 그런데 그의 존재를 뒤흔드는 신앙의 회의기에도 그
의 마음은 겉으로는 여전히 잔잔한 호수 같았다.'라고 회고한 적이 있다. ―『하
늘과 바람과 별과 詩』, 정음사, 1967, 221쪽.

실존주의적 인간관은 인간을 '실존'으로 보는 입장이다. 실존주의가 문제로 삼는 '실존'이라는 말은 '지금—여기'에 살고 있는 인간의 현실적 실존을 가리킨다. 인간이란 단지 '지금—여기'라는 구체적인 상황 속에 던져져 있는 존재라는 것이다. 실존주의의 입장에 따르면 인간은 끊임없이 자기 바깥에 나섬으로써 '본질'에 의해 보편적으로 규정된 상태로부터 벗어나려고 애쓴다. 사르트르는 인간을 '주체성'으로 파악하였다. 인간의 실존이 주체성으로부터 출발한다는 것은, 인간이 자기를 스스로 만들어 가는 창조적인 존재라는 뜻을 포함하고 있다. 고로 실존적인 인간은 행동주의를 지향한다. 성서에 묘사된 신도 인간의 주체성을 거부하는 존재가 아니라 도리어 신장시키는 역할을 한다. 신 스스로 인간을 주체적인 존재로 만들었지 결코 기계적인 복종만을 일삼는 노예로 만든 것이 아니라고 신약·구약은 다 같이 설파하고 있다. 그러기에 바울도 '내가 이미 얻었다 함도 아니요 온전히 이루었다 함도 아니라. 오직 내가 그리스도 예수께 잡힌바 된 그것을 잡으려고 쫓아가노라'(빌립보서 3장 12절)고 하며 인간적인 삶의 자세를 요청했던 것이다. 행동과 주체성을 강조한 윤동주의 인간관은 이상에서 볼 때

실존주의의 인간관과 여러모로 흡사하다. 그는 생애 내내 크리스천이었지만 시로 미루어 보건대 종종 회의하는 신앙인이었다. 그래서인지 그의 결단은 기독교와 거리가 먼 다음과 같은 작품에서 오히려 더욱 확고한 믿음(종교적 믿음까지를 포함한)을 나타낸다.

> 이제 네게는 삼림 속의 아늑한 호수가 있고
> 내게는 준험한 산맥이 있다.
>
> ──「사랑의 전당」부분

> 등불을 밝혀 어둠을 조금 내몰고,
> 시대처럼 올 아침을 기다리는 최후의 나,
>
> ──「쉽게 씌어진 시」부분

신앙과 실천윤리

「서시」는 지식인 윤동주의 죽음 의식을 일목요연하게 설명해 주는 시이다. 그와 아울러 식민지하의 한 크리스천이 이웃과 인간의 죽음, 또 조국과 민족의 죽음에 대해 어떻게 생각하고 있었나를 잘 말해 주는 시이기도 하다.

죽는 날까지 하늘을 우러러
한 점 부끄럼이 없기를,
잎새에 이는 바람에도
나는 괴로워했다.
별을 노래하는 마음으로
모든 죽어가는 것을 사랑해야지
그리고 나한테 주어진 길을
걸어가야겠다.

오늘 밤에도 별이 바람에 스치운다.

— 「서시」 전문

윤동주는 신을 믿었지만 죽음을 죄의 결과로 보거나 영원의 시작으로 여기고 있지는 않다. 죽음이 그에게 의미를 갖는 것은 오직 삶의 종착점일 때이다. 생은 물리적 조건이나 내부의 적(자아)과 부단히 싸우는 것인데, 그 싸움이 부끄럽지 않게 이어진다면 죽음이 닥쳐와도 두려울 바 없다는 것이 「서시」의 주제다. 신앙이 개인의 구원에서 끝난다면 아무런 의미가 없기에 모든 죽어가는 것을 사랑함으로써 신 앞에 떳떳이 설 것이라는 다짐까지 그는 하고 있다. 별이 바람에 스치는 식민치하를 살면서 현실 도피처로 기독교를 믿은 것이 아니라는 항변을 이 시를 통해 한 것으로 볼 수도 있다. '모든 죽어 가는 것'은 생명체 전부이지만 좁게 해석하면 한민족이다. 이러한 그에게 사후 세계는 별 문제가 되지 않는다. 정지용의 경우도 그랬지만 서구 기독교 문학의 주된 테마라 할 수 있는 원죄와 구원, 죽음과 영생에 대한 탐색이 윤동주의 경우에도 큰 문제가 되지 않는다. 기독교의 죽음관이 한국인의 심성에 이식되기란 그 기간에 있어서나 무속, 유교, 불교 전통의 극복에 있어서나 쉬운 일이 아니었을 것이다. 이 시가 씌어진 1941년이래야 기독교가 전파된 지 50년 남짓 되었을 때였다.

천주교의 성사 가운데 종부성사는 임종을 앞둔 사람이 받는 성사이다. 죽은 뒤에는 방향을 바꾸는 결정을 내릴 수 없다는 최종 상태의 영구 불변성을 중요시한 종교의식이다. 인간이 죽음을 통해 영원한 세계, 영원한 질서 속으로 들어간다는 것은 기독교의 근간을 이루고 있는 교리이다. 그런데 영원 혹은 사후 세계에 대한 동경을 갖게끔 하는 문화적, 종교적 전통이 우리 민족에게는 그리 뿌리 깊지 못하다. 윤동주가 영원한 세계, 영원한 질서에 관한 문제를 중시하지 않은 것은 당연한 일이다. 그에게 있어 죽음이란 각자의 생을 통해 이룩한 결과를 구체화하는 성숙한 자기실현이며, 인격의 총체적인 달성이며, 자유롭게 창출된 인격적 충만함이다. 죽음은 생물학적으로는 종말이지만 자신의 통제 속에서 이루어지는 일종의 성취이다. 그래서 그는 "모든 죽어 가는 것을 사랑해야지"라고 말할 수 있었던 것이다. 이인복은 「서시」를 두고 "자신은 죽음을 연구하고 사랑하여 죽음을 노래하겠다고 표명한 것"22이라고 했는데, 내 생각은 이와는 좀 다르다. 삶에 대한 애착 때문에 모든 죽어 가는 것이 한없이 안타깝다는 것이지 죽음에 대한 애착으로 파악한 것은 다소 무리가 아닐까. 윤동주는 내세보다는 현세를 더 중요시하였다. 그에게는 예수의 죽음도 신의

---

22 이인복, 『한국문학에 나타난 죽음 의식의 사적 연구』, 열화당, 1979, 177쪽.

죽음이 아니라 인간의 죽음이었다.

쫓아오던 햇빛인데
지금 교회당 꼭대기
십자가에 걸리었습니다.

첨탑이 저렇게도 높은데
어떻게 올라갈 수 있을까요.

종소리도 들려오지 않는데
휘파람이나 불며 서성거리다가,

괴로웠던 사나이,
행복한 예수 그리스도에게처럼
십자가가 허락된다면

모가지를 드리우고
꽃처럼 피어나는 피를
어두워가는 하늘 밑에

조용히 흘리겠습니다.

—「십자가」 전문

유동주에게는 삼위일체의 교리나 예수가 죽은 지 사흘 만에 부활한 신비는 별다른 의미가 없다. '괴로웠던 사나이'였기에 그분을 숭배하고 사랑하는 것이다. 그의 눈에 비친 예수의 행적은 저항의 화신이었으며 그 죽음은 정치범으로서의 죽음이었다. 예수는 가난한 자와 눌린 자의 편에 서서 사회의 불의를 부단히 규탄하였다. 회개하라고 외친 광야의 세례자 요한처럼 그는 당시의 종교 지도층을 맹렬히 비난하였다. 예수 생존 당시의 '신국(神國)'은 대외적으로는 외세의 부당한 침략이 없는 독립된 국가 건설을, 대내적으로는 불의와 부조리가 없는 정의로운 사회 건설을 뜻했다. 이것은 분명히 외세 로마의 억압에 허덕이던 당대 서민의 소망이었다. 이 서민의 누대(累代)의 소망을 예수는 용감하게 대변하였다. 그가 정치범으로 십자가형을 받은 원인의 하나가 바로 이 점에 있다. 나약한 지식인 청년이었을지라도 윤동주는 강한 정신을 소유한 크리스천이었다. 그는 자신이 나아갈 길을 예수의 십자가 죽음을 생각하며 찾아낸 것은 아닐까. 일제에 대해 함부로 비판을 할 수 없는 식민지민이 괴로웠던 사나이, 아니 행복한 예수에게서 인간적 유대감을 느낀 것은 충분히 가능한 일이다. 윤동주는 예수를 내세를 마련해 주는 구세주가 아니라 이웃의 아픔을 대신해 죽은 순교자로 파악했음을 이 시는 증명하고 있다.

거듭 말하거니와 윤동주의 죽음 의식에는 부활과 승천에 따른 종교적 엄숙함이 완전히 도외시되어 있다. 이웃을 위해 일하다 이웃에 의해 희생된 인간 예수가 그의 시적 대상으로 포착되어 있을 따름이다. 시 「팔복」도 이런 관점에서 읽어야 한다. 산상수훈을, 부당하게 가난하고 억울한 신분 차별로 괴로움을 겪는 사람들을 위한 복음으로 인식했기에 '저희가 영원히 슬플 것이오'라고 탄식했던 것이다. 예수를 기적을 행하는 절대자, 혹은 천국을 예비하는 구세주로 여겼더라면 '괴로웠던 사나이'로 표현할 수 없다. 윤동주를 감동시킨 것은 맨발로 물 위를 걸어가는 신이 아니라 '엘리 엘리 레마 사막티니'(나의 하느님, 어찌하여 나를 버리시나이까)라고 부르짖으며 운명한 인간적인 면모의 예수였다. 괴로웠던 사나이가 행복할 수 있었던 것은 그의 죽음이 인간을 위한 죽음이었기에 가능한 것이었고, 나도 나한테 주어진 길을 걸어가겠다고 결심한 윤동주는 그대로 식민지 하늘의 별이 되었다.

　2025년 2월 16일에 일본 교토에 있는 윤동주의 모교 도시샤대학에서 대대적인 기념행사와 함께 박사학위 수여식이 있었다. 1875년 설립된 이 대학에서 사후의 인물이 박사학위를 받기는 처음으로, 윤동주의 조카인 윤인석 성균관대 건축학과 명예교수가 대신 받았다. 문학박사가 아니고 문화박사이다. 왜 문화박사를 받게 되었느냐 하면 동주가 입학한 곳이 문학부 문화학과 영어영문학전공이었기 때문이다. 최종 결정 기구인 학장단 회의에서 단과대 학장과 대학원 원장 열여섯 명 모두가 찬성했다고 하니 일본의 윤동주 사랑을 알 만하다.

윤동주 연보

▶ 1917년(1세)　12월 30일 중국 간도성 화룡현 명동촌에
서 윤영석과 김용의 맏아들로 태어나다. 석 달 전
인 9월 28일에 고종사촌 송몽규가 같은 집에서 태
어나다.

　** 러시아 10월혁명, 소비에트 정권 수립.

　** 이광수, 한국 근대소설의 효시인『무정』을 쓰기 시작.

　** 간도에서 조선인에 대한 경찰권이 중국에서 일본으로
넘어가다.

▶ 1923년(7세)　부친 윤영석이 일본 유학을 갔다가 관동
대지진 사태로 귀국하다. 12월에 여동생 혜원이
출생하다. 1927년에 동생 일주가, 1933년에 광주
가 태어나다.

　** 관동대지진 때 재일조선인 수천 명이 학살되다.

　** 총독부, 재판소 및 검사국 영장취급규정을 공포.

▶ 1925년(9세)　명동소학교에 입학하다.

** 총독부, 치안유지법을 공포하다.

** 국내 기독교계통 학교들, 처음으로 신사참배를 거부하다.

▶ 1928년(12세) 서울에서 간행되던 어린이 잡지 『아이생활』을 정기구독하다.

** 총독부, '조선공산당사건'을 터뜨려 많은 사상범을 검거하다.

▶ 1930년(14세) 급우들과 함께 『새명동』이란 등사판 잡지를 만들다.

** 명동촌에 공산당 테러가 빈발하다.

** 신채호, 대련 법원에서 징역 10년형을 선고받다.

▶ 1931년(15세) 3월 20일에 명동소학교를 졸업하고 송몽규 등과 함께 10리 남쪽에 있는 대랍자의 중국인 소학교 화룡현립제일소학교 고등과(6학년)에 편입해 1년간 수학하다. 늦가을에 용정으로 이사하다.

** 만주사변 일어나다.

** 신간회 해산하다.

▶ 1932년(16세) 4월에 용정의 미션계 교육기관인 은진중학교에 송몽규·문익환과 입학하다. 부친이 인쇄

소를 차렸으나 사업이 잘 되지 않다.

** 이봉창 의사 의거. 윤봉길 의사 의거.

** 일본의 강압에 의해 만주국이 세워지다.

▶ 1934년(18세) 12월 24일, 시 「삶과 죽음」, 「초 한 대」, 「내일은 없다」를 쓰다.

** 독일의 히틀러가 총통이 되다.

** 동만주 유격 근거지에 대한 일분군의 제3차 토벌이 시작되다.

▶ 1935년(19세) 송몽규가 동아일보 신춘문예 콩트 부문에 「술가락」이 당선되다. 4월경, 송몽규는 낙양의 군관학교 한인반 2기생으로 입교하러 중국으로 가다. 문익환은 평양 숭실학교 중등부 4학년으로 편입하다. 9월 1일, 은진중학교 4학년 1학기를 마친 윤동주는 평양 숭실학교 3학년 2학기로 편입하다. 10월, 숭실학교 YMCA 문예부에서 내던 『숭실활천』 제15호에 시 「공상」이 실리다(최초의 작품 활자화).

** 『정지용시집』『영랑시집』이 출간되다.

** 일본이 각 학교에 신사참배를 강요하다.

▶ 1936년(20세) 3월 말, 숭실중학교에 대한 신사참배 강
요에 항의하여 자퇴하고 용정에 있는 광명학원 중
학부 4학년에 편입하다. 귀국한 송몽규, 웅기경찰
서에 구금되어 4월에서 8월까지 조사받다. 간도의
연길에서 발행되던 『카톨릭소년』에 동시 「병아리」
(11월호), 「빗자루」(12월호)를 발표하다. 『정지용
시집』을 정독하다.

** 손기정이 베를린올림픽 마라톤대회에서 우승하다. 일장
기 말소사건으로 동아일보가 무기정간당하다.

** 총독부, 조선사상범 보호관찰령을 공포해 중국과 조선
의 독립운동가 검거에 나서다.

▶ 1937년(21세) 4월, 졸업반인 5학년으로 진급하다. 송몽
규는 대성중학교(4년제) 4학년으로 편입해 학업을
계속하다. 100부 한정판으로 나온 백석의 시집
『사슴』을 필사하다. 상급학교 진학문제를 놓고 의
학을 공부하라는 부친과 심하게 대립하다. 조부
윤하현의 중재로 '연전 문과'로의 진학 허락을 받
다.

** 중일전쟁이 일어나다.

** 일본군, 난징 점령 이후 대학살을 자행하다.

▶ 1938년(22세) 2월 17일, 광명중학교 5학년을 졸업하고 4월 9일에 서울의 연희전문(훗날 연세대학교로 바뀜) 문과에 입학하다. 대성중학교 4학년을 졸업한 송몽규도 함께 입학하다. 기숙사 3층 지붕 밑 방에서 윤동주·송몽규·강처중이 함께 생활하다. 학우회지 『문우』, 조선일보 학생란, 『소년』에 시를 발표하다.

** 흥업구락부사건으로 민족주의자들이 대거 검거되다. 54명이 전향서를 쓰고 나오다.

** 조선교육령 개정으로 조선어 과목이 폐지되다.

** 일본육군성에서 조선인 지원병제도를 실시한다고 발표하다.

▶ 1939년(23세) 기숙사를 나와 북아현동과 서소문에서 하숙생활을 하다. 북아현동에 살 때 급우 라사행과 함께 정지용 시인을 방문해 시에 관해 이야기를 듣다. 이 무렵 부친이 한국인이 경영하던 삼화물산회사의 취체역 상무로 취직하다. 『문장』과 『인문평론』을 사서 읽으면서 시 습작에 매진하다.

** 창씨개명령이 공포되다.

** 9월 1일, 독일이 폴란드를 침공함으로써 제2차 세계대
전이 일어나다.

** 친일문학단체인 '조선문인협회' 발족하다. 발기인은 이
광수 · 김동환 · 김억 · 정인섭 · 유진오 · 이태준 · 사토(佐藤
淸) 등.

▶ 1940년(24세) 경남 하동 출신 정병욱 후배와 친해지다.
다시 기숙사 생활을 하다.

** 창씨개명이 실시되다.

** 동아일보, 조선일보가 강제 폐간되다.

** 총독부 조선사편수회에서 『조선사』 전 37권을 완간하
다.

** 친일단체 황도학회가 부민관에서 결성되다.

▶ 1941년(25세) 5월에 정병욱과 기숙사에서 나와 종로구
누상동 9번지 소설가 김송 집에서 하숙을 하다. 9
월에 요시찰인물 김송에 대한 감시가 심해지자 북
아현동 하숙집으로 옮기다. 2월 27일, 전시 학제
단축으로 3개월 앞당겨 졸업하다. 졸업 기념으로
19편의 자선시를 모아 자선시집 『하늘과 바람과

별과 詩』를 내려고 했지만 뜻을 이루지 못하다. 육
필로 시고집 3권을 만들어 이양하 교수와 후배 정
병욱에게 1부씩 증정하다. 이 해 말에 일본 유학
수속을 위해 성을 '히라누마[平沼]'로 바꾸다.

** 『문장』과 『인문평론』이 강제 폐간되다.

** 12월 8일, 일본의 진주만 공습으로 태평양전쟁이 시작
되다.

▶ 1942년(26세) 연희전문 졸업 후 일본 유학을 떠날 때까
지 1개월 반 정도 고향집에 머무르다. 1월 19일,
도일 수속을 위해 연희전문에 창씨계를 제출하다.
1월 24일에 쓴 「참회록」은 고국에서 쓴 마지막 시
가 된다. 3월 중순에 일본으로 건너가 도쿄 릿쿄
대학 문학부 영문과에 입학하다. 이 무렵에 시 「쉽
게 씌어진 시」를 비롯한 5편을 서울에 있는 친구
강처중에게 보낸다. 방학 때 잠시 귀국해 있다가
도호쿠 제국대학 입학을 목표로 다시 도일했지만
10월 1일, 교토 도시샤대학 영문학과에 입학하다.

** 일본 각료회의에서 '조선징병제'를 결정하다.

** 조선어학회사건 일어나다.

** 일본군 마닐라 점령, 싱가포르 함락하다.

▶ 1943년(27세) 7월 10일, 송몽규가 특고경찰에 의해 교토 시모가모 경찰서에 독립운동 혐의로 체포되다. 7월 14일, 송몽규와 같은 혐의로 검거되면서 많은 책과 작품, 일기가 압수되다.

** 국민징용령이 공포되어 조선인들이 대거 강제노동에 동원되다.

** 일본 육군성, 조선인 학병제 실시를 공포하다.

▶ 1944년(28세) 후코오카 형무소에 수감되다. 치안유지법 위반죄로 징역 2년이 선고되다.

** 연합군, 노르망디에 상륙하다.

▶ 1945년(29세) 2월 16일 오전 3시 36분, 외마디 비명을 지르고 운명하다. 유해 화장하여 용정의 동산에 있는 교회 묘지에 묻히다. 3월 7일, 송몽규도 운명하다.

** 8월 15일, 일본 무조건 항복으로 식민지 지배가 끝나다.

▶ 1947년(사후 2년) 2월 13일자 경향신문에 정지용의 소개문과 함께 시 「쉽게 씌어진 시」가 처음으로 발

표되다.

▶ 1948년(사후 3년) 유고 31편을 모아 시집 『하늘과 바람과 별과 詩』가 정음사에서 간행되다. 12월, 여동생 혜원이 윤동주의 중학교 시절 원고를 갖고 용정에서 서울로 이사하다. 조부 윤하현과 모친이 별세하다.

▶ 1955년(사후 10년) 연희대학 문과대 주최로 10주기 추도회가 열리다. 89편의 시와 4편의 산문을 엮어 다시 시집 『하늘과 바람과 별과 詩』가 정음사에서 발간되다.

▶ 1967년(사후 22년) 시집 『하늘과 바람과 별과 詩』가 재간행되는데, 백철·박두진·문익환·장덕순의 글이 말미에 추가되다.

▶ 1976년(사후 31년) 외솔회 발행 『나라사랑』 제23집이 윤동주 특집호로 발간되다. 여기에 사망의 이유가 밝혀지다.

▶ 1982년(사후 37년) 윤동주에 대한 판결문 사본이 입수됨으로써 구체적인 구금 이유가 밝혀지다.

윤동주가 생활했던 연희전문 기숙사가 있는
건물에는 표식이 붙어 있다.

연희전문 시절의 윤동주. 죽음으로써 그는 영원한 학생이다.